T0300738

CUELLOS SANGRANTES

Una Antología de Historias Cortas

CUELLOS SANGRANTES

Una Antología de Historias Cortas

POR

JONA VELASQUEZ

davina@alegriamagazine.com

Número de Control de la Biblioteca del Congreso: 2023904745
ISBN: 9798986084480
Publicado por Alegria Publishing
Portada y maquetación del libro: Carlos Mendoza

Siempre recordarás
Mi último suspiro que quedó entre tus dedos
Siempre llevarás
Presente en tu cuerpo el calor de mis huesos
Siempre mirarás
En lo oscuro del tiempo el color de mi pelo
Siempre tu dirás
Mi nombre en lo frío de todos tus sueños
Siempre...

Prefacio

Durante la pandemia, me encontré de regreso en la ciudad de Los Ángeles sin mucho que hacer y sin poder viajar, la necesidad de hacer algo nuevo floreció en mí, y fue así que empecé a explorar intereses del pasado. Regresé a la universidad con la meta de completar una maestría, pero después de un semestre me di cuenta de que la vida académica no era lo que estaba buscando en ese momento. En verdad lo que necesitaba era hacer algo creativo.

Mi amiga, la escritora y periodista Virginia Bulacio, estaba escribiendo su primera colección de poesía en ese momento, y yo, muy fanático de ella, le pregunté acerca de su proyecto y como yo podía ser parte de algo tan *cool*. Fue entonces que Virginia me conectó con los *workshops* de escritura creativa de Alegría Publishing. Al principio no tenía la menor idea de lo que iba a producir, pero después de un par de semanas mi proyecto fue tomando pies y cabeza, resultando en esta colección de historias cortas.

Inspirado por mi experiencia como practicante de trabajo social en un albergue para habitantes de calle antes de empezar este proyecto, quise incorporar temas como la adicción, la violencia doméstica, la falta de vivienda, la inmigración ilegal, entre otros. También quise integrar elementos de los géneros de lectura de mi gusto personal, como el suspenso y el horror. Inspirado por la falta de literatura en español que describa la experiencia inmigrante en Estados Unidos desde la perspectiva de un hombre gay Colombiano, quise incorporar este punto de vista también.

Cuellos Sangrantes: Una Antología de Historias Cortas es un rompecabezas dividido en tres partes. En la primera parte el lector irá descubriendo poco a poco una historia a través de una colección de diez relatos cortos. Durante la segunda parte, el misterio original sigue presente, solo que en esta colección de cuatro historias los personajes principales son mujeres. Finalmente, la tercera parte, una colección de dos relatos contada a través de micro historias, es el desenlace de la trama desarrollada durante el libro. Para cerrar, decidí incorporar un anexo de poemas que escribí mientras completaba esta antología, y que están relacionado con el tema principal de esta colección, los Cuellos Sangrantes.

Me gustaría concluir mencionando que este libro fue escrito durante un año de viaje extensivo. Empecé el año en Colombia, después de dos años de no haber ido por las restricciones de la pandemia, y al regresar a Estados Unidos me embarqué en una gira de trabajo a través de varios estados. Cada historia fue escrita y completada en un pueblo y una ciudad diferente; en cuartos de hotel y en aeropuertos, en aviones y en una RV transformada en clínica móvil. Cada relato carga en sí, una magia perteneciente a cada uno de estos lugares y a las diferentes emociones que el viaje a largo plazo siempre deja impregnadas en mí.

Contenido

Primera Parte: Naranja Sanguina

Un Almuerzo Especial

Recibí un mensaje de Luciano a eso de las nueve y media de la mañana, su excusa para verme fue invitarme a tomar café, pero yo sabía que sus intenciones eran distintas. Era una mañana dominical de enero, el cielo estaba despejado y el sol calentaba sin ganas de una Bogotá que aún no se acostumbraba al nuevo pico y placa implementado por la alcaldesa. Pensé llegar al apartamento de Luciano por la ciclovía, pero no quería llegar a nuestro encuentro sudoroso, así que mejor tomé un taxi.

Me recogió Santiago, un padre soltero de treinta y ocho años que llevaba meses manejando taxi después de andar casi un año desempleado. Al ver que no podía encontrar trabajo, decidió manejar el taxi de su vecino por una módica suma diaria que le permitía quedarse con lo suficiente para pagar el arriendo y los gastos de su hija. Santiago era amigable y se abrió rápidamente a la conversación. Esto sería más sencillo de lo que había previsto.

Antes de salir del hotel me aseguré de que mi tapabocas no dejara ningún espacio al descubierto. Me gustaba el anonimato que esta medida de seguridad me proveía y la libertad que me daba al permitirme salir en las mañanas. Lo que no hacía el tapabocas era neutralizar mi acento, que delataba que no vivía en la ciudad.

Lleno de curiosidad, Santiago no pudo evitar preguntarme de dónde era; yo le respondí que era de Bogotá, pero que llevaba muchos años viviendo en el exterior, en la ciudad de Los Ángeles, que no tenía familia en Colombia, y que iba a visitar a un amigo que hace años no veía. Ante sus ojos me vi vulnerable, lo cual era mi intención para que se sintiera más cómodo conmigo.

A la mitad de la carrera, recibí una llamada de Luciano preguntando si estaba cerca; contesté que estaba a medio camino y que posiblemente llevaría lo del almuerzo para no tener que salir a buscar más tarde. Para ese entonces ya había entrado en confianza con Santiago que disimuladamente prestaba atención. Al terminar mi llamada, le pregunté si era mucha molestia parar rápidamente a recoger un pollo a la brasa para llevar a casa de mi amigo. Santiago accedió sin poner ningún problema.

Compré pollo como si fuese a alimentar a varias familias, y un par de litros de gaseosa con los cuales necesitaría ayuda. Santiago con su amabilidad muy colombiana se ofreció a ayudarme a cargar las botellas y ponerlas en el asiento trasero del taxi. Su amabilidad resaltaba una sensibilidad que combinaba perfectamente con su hombría y lo hacía un candidato perfecto para mi invitación.

Llamé a Luciano para avisar que estaba cerca. Al colgar le comenté a Santiago que mi amigo se había lastimado la espalda recientemente y tendría que bajar con dificultad las escaleras para ayudarme a subir el pollo y las botellas de gaseosa. Muy simpáticamente, Santiago dijo que él me ayudaba rápidamente a subirlas, y yo me ofrecí a darle una propina por su excelente servicio. Le dije que si gustaba podía almorzar con nosotros, pues había más que suficiente comida. Él aceptó la invitación.

Después de estacionar su taxi, nos dirigimos al edificio de Luciano y subimos directamente al cuarto piso. Ya ubicados al final del pasillo, afuera del apartamento, abrí la puerta que estaba sin seguro para que pudiera seguir Santiago que llevaba las botellas de gaseosa en sus manos. Noté cómo el esfuerzo de subir las escaleras y cargar aquellas botellas pronunciaban de manera latente las arterias de su cuello.

Dejé que Santiago pasara para luego decir en voz alta:

- ¡El almuerzo ya está aquí!

Santiago dejó las gaseosas en la mesa, y mientras yo me acercaba por detrás, volteó su cuerpo hacía mí, sacó una navaja que llevaba escondida en su bolsillo y dijo:

- Esto es un atraco.

El estrés pronunciaba las arterias de su cuello aún más. Me acerqué sin miedo hasta quedar frente con él y me bajé el tapabocas revelando mi secreto. Santiago quedó congelado del pavor y perdió el sonido de la voz instantáneamente.

- Ese cuello está muy sabroso, hermano, dije con un hambre primitivo que se asemejaba a la necesidad económica que tenía él.

Me lancé hacia su cuerpo con fuerza bruta e incrusté mis colmillos en su cuello, no hizo ruido alguno. Su navaja barata cayó al suelo al mismo tiempo que Luciano salía del baño hacía la sala.

- Oye, no se te olvide compartir, dijo Luciano.

Pasamos la tarde entera probando el cuello sangrante de Santiago, mientras el pollo permanecía en la mesa de la cocina intacto. Nunca hubo café, ni tampoco la necesidad de salir esa noche a buscar sangre fresca para saciar nuestra hambre por la humanidad. Los restos de Santiago estarían en el mercado negro al día siguiente, al igual que los repuestos del taxi de su vecino.

Clown Motel

No tenía muchos deseos de manejar desde Las Vegas hasta Reno en un solo día, así que decidí que lo más conveniente sería parar en algún lado para pasar la noche. Había llegado hace una semana de Colombia y no tenía ganas de estar en la carretera todo el día, mi energía estaba agotada y necesitaba reponerme de aquel viaje. Después de una breve búsqueda en el Internet, decidí que lo más conveniente sería parar en el medio de Nevada y hospedarme en cualquier hotel local que no me costara un ojo de la cara.

Al llegar a Tonopah hice una parada en la cafetería de un hotel histórico; pero antes de ordenar una bebida, decidí pasar al baño que se encontraba en el lobby para desocupar mis riñones. Al usar el orinal, vi una nota en una de las baldosas de la pared que decía "Encuéntrame en el Clown Motel, #206." Era una nota vieja que la señora del aseo del hotel nunca había podido borrar, una nota que causaba un interés morboso en mí.

Después de ordenar una taza de café, le pregunté a la chica de la registradora que me contara acerca del Clown Motel; ella me comentó que era un motel ubicado al final de la calle principal, donde los dueños tenían un museo de payasos, y donde varias películas de terror se habían filmado. Un dato curioso que la chica rubia de ojos azules me proporcionó, fue que el motel se encontraba a la par de un cementerio histórico donde yacían los cuerpos de varios habitantes del pueblo de principios del siglo pasado. El motel era conocido como el hospedaje más tenebroso en América. Una búsqueda en Internet me proporcionó una breve historia del sitio y sin pensarlo mucho hice mi reserva. Estaba en mi destino quedarme allí.

La oscuridad de la noche y el frío del desierto abrigaban al pueblo, lo cual hacía la presencia del motel aún más misteriosa. Las luces neón anunciando el nombre del motel comenzaban a prenderse, al igual que las otras luces de la propiedad que se apagaban y prendían por falta de mantenimiento. Al parecer no habían muchos huéspedes; pues el estacionamiento estaba casi vacío, no había ruido, y podía escuchar mis pasos claramente sobre la tierra seca en la que se encontraba el motel. Al entrar a la oficina de registro a recoger mi llave, me encontré con un espacio lleno de estatuas, pinturas, afiches, juguetes, todos relacionados con los payasos, este era el museo del cual me había hablado la chica del café.

El dueño del motel, que atendía a todos los huéspedes, me dio una bienvenida sin asombro y sin mayor calidez. Era un hombre extranjero con apariencia cansada y el cabello enredado. Le pregunté si podía darme un cuarto en el segundo piso; dijo que sí, le pregunté si el cuarto 206 estaba disponible, miró hacia la colección de llaves en la pared, me miró de reojo, y señaló con la cabeza que sí.

Dentro de mí cuestioné su mirada. ¿Sería éste el personaje que dejó aquella nota en el baño del hotel donde paré a tomar café? En verdad no me importaba, ya estaba allí y la curiosidad me ganaba. Le pedí que me asignara ese cuarto y así lo hizo.

El cuarto 206 estaba ubicado al final del pasillo del segundo piso; era un cuarto con doble cama, donde la higiene no estaba presente, la iluminación era pobre y los cuadros de payasos en las paredes generaban una vibra oscura en el lugar. Mi intención inicial era experimentar este lugar enigmático, pero mi plan verdadero era simplemente dormir, despertar al día siguiente, explorar el cementerio de al lado y seguir mi ruta hacía Reno. Me acosté en una de las camas sin cubrir mi cuerpo con las cobijas, dormiría con la ropa puesta. Prendí la tele y apagué las luces. Lentamente empecé a cerrar los ojos...

Sentí como la puerta del cuarto se entreabría dejando pasar el frío nocturno; segundos después escuché como se apagaba la televisión. No lograba abrir los ojos, estaba inmóvil.

- ¿Me habrán echado algo en el café?, pensé yo.

Sentí una presencia en mi cuarto y de inmediato pensé en el hombre de la recepción. Sentí como se acercaba a mí, como me respiraba, como me cubría el cuerpo como si fuese sabana. De repente sentí el toque de unas manos frías recorriendo mi piel, que se erizaba entre sentimientos de pavor y excitación. Un sentimiento de tristeza me invadió, y de repente pensé en mi historia como inmigrante Colombiano en Estados Unidos, en la soledad que me agobiaba cada noche que pasaba en cuartos de hoteles distintos, en la nostalgia que sentía por mi ciudad de origen, Bogotá. Pensé en mi madre y en las pesadillas que la agobiaban. Pensé en mi ciudad adoptiva, Los Ángeles, y en mi hermana que no veía desde hace rato.

Recordé mi última visita al dentista para arreglarme los dientes, pensé en Luciano y nuestra amistad a larga distancia, y en todos mis amantes pasajeros que se quedaban guardados en la memoria de cuartos de motel como este en el que me encontraba. Sentí una voz susurrándome al oído, en una lengua que no entendía, y mi cuerpo entró en un escalofrío incesante. Finalmente, me dejé llevar por lo que me había atraído a este sitio, la intriga por lo desconocido, por esta experiencia a la que había sido invitado desde un baño público y que me había atrapado en este cuarto de payasos.

Me dejé poseer por una fuerza fría y oscura, que lo único que buscaba era un cuerpo de sangre caliente para sentirse con vida otra vez. Sentí su culpabilidad por violentarme. La reconocí porque a veces me sentía así en medio de mis actos sanguinarios. Su energía lujuriosa, celosa, con rabia, con dolor, cargaba el olor de la sangre fresca, un olor que me volvía loco. De repente comprendí, que lo que estaba dentro de mí no era el dueño del hotel, era algo más grande, más fuerte. Era una energía vieja, con necesidad de perdón por un pasado lleno de dolor y de sangre, una energía que había hecho de este pueblo su cárcel. Sentí su tristeza, sentí su pasión, que se asemejaba a mis sentimientos encontrados cada vez que me fundía en el cuello de algún desconocido.

El frío que había sentido inicialmente se tornaba en calor de tal intensidad que empecé a sudar hasta sentirme empapado. Mi corazón empezó a latir sin control, sentí que se salía de mi pecho, dejé salir todo el aire de mis pulmones. Sentí una explosión interna y me sentí liberado. La invitación que había encontrado en el baño del hotel histórico al llegar al pueblo había sido diseñada exclusivamente para mí. Todo había sido orquestado para que yo estuviese en este cuarto en este preciso instante.

Por fin pude abrir los ojos; ya estaba amaneciendo, el televisor estaba prendido como si nada y la puerta de mi cuarto estaba semi abierta. Todo había sido un sueño mojado, había llegado tan cansado y con tantos deseos de dormir, que había dejado la puerta mal cerrada toda la noche.

Coloqué mi maleta en el baúl de mi carro y caminé hacia el cementerio que estaba a la par del Clown Motel, no podía irme sin antes visitarlo. Las tumbas que allí se encontraban llevaban más de cien años en ese terreno y cada una contaba una historia. A través de las lápidas me encontré con inmigrantes que habían llegado a ese pueblo en busca de fortuna y habían fallecido en las minas de plata; con hombres asesinados a causa de las riñas, con mujeres en relaciones abusivas, con personas que no disfrutaban más de sus vidas. Allí comprendí que lo de la noche anterior había sido más que un sueño, era la energía de aquel cementerio, así que miré hacía el cielo y pedí perdón ajeno.

- Dales señor el descanso eterno, y brille para ellas la luz perpetua, murmuré entre mis dientes.

Caminé de vuelta al motel pensando en lo que había sentido la noche anterior, y el mensaje que me había regalado el cementerio. Debía encontrar una manera de reivindicarme, de pedir perdón por mi pasado. Dejé la llave del cuarto 206 en una cajita afuera del lobby, me subí en mi carro y tomé carretera rumbo hacia Reno sin mirar atrás. Era una mañana fría con el cielo despejado. El Clown Motel se perdía en la distancia, mientras yo me perdía en el desierto de Nevada.

La Playa de los Muertos

Luciano y su madre se encontraban en el aeropuerto El Dorado de Bogotá esperando su turno para abordar. Esta sería la primera vez que los dos viajaban juntos a un destino internacional desde la desaparición de su padre meses atrás. Luciano, que recién había cumplido veinticuatro años, intentaba procesar su pérdida, mientras su madre había estado esperando este momento desde el día que descubrió que su marido la engañaba con una tipa que vendía aguas aromáticas en un barrio del sur de la ciudad.

Habían escogido como destino Puerta Vallarta en México porque siempre habían querido visitar el Pacífico Mexicano, y aparte porque ya les habían negado la visa Estadounidense dos veces. Al llegar al aeropuerto de Puerto Vallarta cambiaron unos dólares y tomaron un taxi hacía su destino. Se hospedaron en un hotel en la Zona Romántica, en medio de un caos turístico común para la época del año.

Antes de la desaparición de su padre, Luciano era un joven aventurero y soñador. Le gustaba salir a bailar los fines de semana con sus amigos de la universidad, hacía senderismo en los Cerros Orientales un par de veces al mes, y montaba bicicleta uno que otro domingo por la ciclovía. Se mantenía en buen estado físico y siempre se veía más alto de lo que era, aunque era de estatura promedio. Sus ojos color café oscuro siempre brillaban con la idea de experimentar algo nuevo, pero desde que la policía había decidido dejar de investigar la desaparición de su padre, su semblante había cambiado por completo, ahora andaba desinteresado por la vida.

Después de descansar un rato, Luciano y su madre salieron a caminar por el malecón para tomarse un par de fotos. Se tomaron fotos con varias de las estatuas que adornaban el camino y se comieron unos tacos de camarón en un restaurante popular. Luego decidieron caminar sobre la arena para así poder sentir el agua con los dedos de sus pies, era una tarde calurosa y necesitaban refrescarse de alguna manera. Después de haber caminado por un rato decidieron instalarse en la playa, cerca al muelle de los muertos, para contemplar las olas y broncearse un poco.

Tras un rato de silencio entre los dos, la madre de Luciano decidió darle espacio a su hijo y se fue a caminar sola por la playa. Momentos después, un joven vendiendo cervezas se acercó a Luciano a ofrecerle sus productos, Luciano ordenó una cerveza para calmar la sed y al momento de pagar, un hombre que se encontraba sentado a pocos metros se acercó a él.

- Por tu acento, veo que eres de Colombia, dijo el hombre.

Luciano sonrió y contestó que así era. El hombre se presentó de manera amigable y confiable.

- Yo también soy de Bogotá, mucho gusto mi nombre es José Joaquín.

José Joaquín ordenó otra cerveza y se sentó al lado de Luciano para conversar. Estaba solo en Puerto Vallarta pues prefería no estar atado a los planes de otras personas. Se encontraba viajando por Latinoamérica después de haber pasado los últimos dos años en Colombia. Había vivido en Los Ángeles por casi veinte años, pero no había perdido mucho el acento Bogotano. Era diez años mayor que Luciano y un par de centímetros más alto. A pesar de ser un poco mayor y no ir al gimnasio frecuentemente se conservaba en buena forma para su edad, era un caminante errante y esto se reflejaba en sus piernas. Sus ojos oscuros tenían un brillo distinto al de otros ojos, lo cual le daba un aire de misterio. Luciano se sentía a gusto en la compañía de este extraño, había algo de él que le recordaba a su padre. Era tal vez el tono canela de su piel, o la cabeza rapada, o la sonrisa amable. Era algo que Luciano no podía descifrar aún.

A la media hora llegó la madre de Luciano. Ella ya había notado a José Joaquín antes, cuando Luciano y ella se habían sentado en la arena. Le había parecido un hombre misterioso por no tener compañía, pero le agradaba que fuese Colombiano. Sin pensarlo dos veces lo invitó a que los acompañara al día siguiente a un tour a las islas Marietas, a lo cual él contesto que lo pensaría. Después de un rato, José Joaquín compró otra ronda de cervezas para los tres. Al terminar su cerveza y viendo que su hijo había logrado una conexión, la madre de Luciano se despidió para irse al hotel a descansar. Luciano se quedaba nuevamente a solas con José Joaquín.

Aunque José Joaquín usualmente demostraba interés en sus conversaciones y proyectaba genuinidad, todo era un acto para ganar la confianza de aquellos extraños con los que cruzaba camino. Era una habilidad que había desarrollado durante sus viajes. Su interés real estaba fijado en las arterias y las venas que se pronunciaban en los cuellos de aquellos desconocidos, y en las cuales sus dientes encontraban refugio cuando todo le salía bien. En esta ocasión su interés era real, se veía reflejado en Luciano y en el bajo brillo de sus ojos.

- ¿Sabes el nombre de esta playa?, preguntó Luciano.

- Es la Playa de Los Muertos, contestó José Joaquín.

- Es el atardecer más hermoso que he visto, dijo Luciano.

El cielo se había tornado de un color naranja intenso y las olas del mar parecían manchadas de rojo mientras chocaban en la arena dorada de la playa. En el momento que el sol se escondía bajo el mar, Luciano miró a José Joaquín a los ojos y se sintió intrigado. Había algo en este extraño que le llamaba la atención. José Joaquín reconocía esa mirada de curiosidad, pues ya la había sentido varias veces en muchos de sus viajes, así que actuó sigilosamente.

- Pues mira Luciano, ya está empezando a hacer frío y creo que me iré a mi hotel, dijo José Joaquín.

- Yo creo que también voy a hacer lo mismo.

- Si gustas podemos caminar juntos, el hotel donde ustedes se están quedando no está muy lejos de donde me estoy hospedando, dijo José Joaquín sabiendo que Luciano accedería.

Recogieron sus cosas y se empezaron a alejar del mar. Ya al llegar al pavimento se pusieron sus zapatos y caminaron un par de cuadras juntos.

- ¿Ves ese edificio al subir las escaleras? Allí me estoy quedando, dijo José Joaquín señalando a un edificio moderno de varios pisos. Si gustas podemos tomarnos un par de cervezas más, tengo balcón.

Cuellos Sangrantes: Una Antología de Historias Cortas

- ¿En serio?, me da como pena José Joaquín, contestó Luciano tímidamente.

- Sí claro, no hay problema. Hay una tiendita en la esquina, podemos comprar un par de cervezas, escuchar música, seguir charlando, dijo José Joaquín con una sonrisa que generaba confianza.

Por primera vez desde hace meses, Luciano se sentía emocionado por algo. Quería ver donde se estaba quedando este hombre misterioso, quería saber más de él. Quería saber si había algo más que le recordara a su padre.

Compraron cervezas y subieron al cuarto piso del edificio donde se estaba hospedando José Joaquín. Como siempre hacía con sus huéspedes, José Joaquín abrió la puerta y dejó que Luciano entrara primero. Le pidió que dejara las cervezas en la mesa, mientras él caminaba a pocos pies detrás de él. Las pupilas de José Joaquín se empezaron a dilatar, y su respiración se tornó profunda. Luciano sintió la energía de José Joaquín que lo atrapaba por la espalda. En ese momento giró su cuerpo hacia él y lo miró directamente a los ojos.

- Me recuerdas a mi padre, pero no me asustas.

José Joaquín no supo cómo responder, se sintió desprevenido. De repente sus pupilas empequeñecieron y su respiración se normalizó, no tenía palabras.

- Mi padre era igual que tú.

- Que interesante, tú me recuerdas a mi cuando era más joven, contestó José Joaquín.

29

Se miraron directamente a los ojos por varios segundos.

- Él también llevaba una doble vida. ¿Cuál es tu secreto? Compártelo conmigo, dijo Luciano.

- ¿Estás seguro?

Luciano simplemente indicó que sí con la cabeza sin perder contacto visual, esta era la aventura que necesitaba. José Joaquín se acercó hasta que sus narices quedaron separadas por milímetros. Sus pupilas volvieron a dilatarse lentamente y su respiración empezó a tornarse más profunda con cada inhalación.

- Prometo no lastimarte, pero esto dolerá un poco, dijo José Joaquín para luego dirigir su boca hacia el cuello de Luciano.

Luciano cerró los ojos y confirmó su deseo diciendo:

- Estoy listo.

José Joaquín enterró sus dientes lo suficiente para contaminar el cuerpo de Luciano sin agredirlo mortalmente. Por su parte, Luciano sintió que se le salía el alma del cuerpo poco a poco. Un ardor cubrió su cuello y sintió como si su piel se estuviese quemando con ácido, no podía arrepentirse, ya no había marcha atrás.

Un Lamento en Bolivia

Aunque Carla ya había viajado a Colombia varias veces a visitar a la familia de su madre, esta sería la primera vez que viajaría a Bolivia a conocer a su familia paterna. Se encontraría en La Paz con su fiel acompañante de viaje, un ex compañero de trabajo que había conocido un par de años atrás y que se encontraba de gira por Sudamérica. Esta sería la aventura de su vida. Su padre estaba emocionado por ella, pero a diferencia de él, su madre se encontraba un poco preocupada después de haber escuchado en las noticias el caso de dos chicos que habían desaparecido misteriosamente en Argentina y Uruguay, y cuyas circunstancias se asemejaban a otras desapariciones que habían ocurrido en otros países en los últimos meses. Aun así, Carla no tenía ningún miedo.

El día de su viaje Carla se comunicó con su amigo para informarle su hora de llegada. Ella le confirmó que estaría llegando a la media noche a Bolivia. Su amigo que ya había llegado a La Paz el día anterior la recogería del aeropuerto. Los dos estaban emocionados por reencontrarse nuevamente después de meses de no verse.

La noche antes del vuelo, el amigo de Carla aprovechó que estaba solo en la ciudad y salió a recorrer el centro de La Paz en busca de un lugar donde tomarse un par de mojitos con hojas de coca. Terminó en un bar bohemio que atendía a los jóvenes con aire poético de la ciudad. Se sentó en el bar y ordenó su bebida mientras en el fondo se escuchaba una canción que lo transportaba a su juventud.

Al pedir un segundo mojito, el amigo de Carla entabló conversación con un muchacho local que también se encontraba solo en el bar. Su nombre era Renan y había llegado hace un par de días de un viaje por Buenos Aires. La conversación se enfocó en Argentina y las experiencias de los dos en el país sureño.

Después de otra ronda de tragos, Renan empezó a sentirse más en confianza y sugirió salir del bar a dar una vuelta por las calles del centro de La Paz. El amigo de Carla no sintió sospecha alguna y aceptó la invitación. Caminaron por un rato para luego instalarse al frente de la Plaza Mayor de San Francisco a observar el caos nocturno de la ciudad. Intrigado por el carisma de su nuevo amigo, Renan le propuso a su acompañante que se encontraran al día siguiente para así poder recorrer más del centro de la ciudad juntos.

Inicialmente el amigo de Carla dudó en aceptar la invitación pues quería estar preparado para recibir a su amiga en el aeropuerto, pero después de pensarlo bien y calcular su tiempo, decidió que sería una buena oportunidad para descubrir lo que le ofrecía La Paz. Acordaron que se encontrarían un poco después del mediodía en el Mercado de las Brujas, en una de esas tiendas donde vendían fetos de llamas.

Al encontrarse con Renan al día siguiente, el amigo de Carla notó que su semblante era diferente. Renan era un poco frío y serio, contrario de como se había presentado la noche anterior. Caminaron por un rato y luego se dirigieron a un restaurante local a tomar sopa de maní. Mientras comían, Renan trajo a la conversación las desapariciones en Buenos Aires y Punta del Este, tenía cierto interés mórbido por este tipo de temas.

Primero se refirió al caso del joven venezolano que trabajaba en el centro de Buenos Aires, y que según testigos había sido observado por última vez en el cementerio de la Recoleta, con un hombre que había conocido entre los mausoleos del lugar. Le preguntó al amigo de Carla si había escuchado algo del caso durante su estadía en Argentina, a lo cual él respondió que no. Luego mencionó el caso del chico de Montevideo que se encontraba de vacaciones con su familia, y que había desaparecido después de haber salido a contemplar el atardecer en la playa, con un extranjero que había conocido en los Dedos de Punta del Este el día anterior. El amigo de Carla se encontraba incómodo con el tema, así que sugirió terminar de comer pronto para continuar explorando por las calles.

Caminaron por el centro hasta que empezó a oscurecer, el recorrido había puesto de mejor humor a Renan. Aprovechando el nuevo semblante de Renan y considerando que se acercaba la hora de ir al aeropuerto, el amigo de Carla le preguntó si podían ir a un lugar menos concurrido. Atraído por la docilidad de este desconocido y cegado por sus intereses oscuros, Renan sugirió ir a las afueras del cementerio central. Los dos caminaron con rumbo al cementerio y se perdieron por las calles estrechas de la ciudad en medio de la oscuridad.

Carla aterrizó a las nueve de la noche en La Paz, tres horas antes de lo que le había dicho a su amigo, quería llegar inesperadamente al hotel, estaba segura de que sería una sorpresa agradable. Recogió su maleta, salió de la terminal del aeropuerto y tomó un taxi hacía el hotel donde estaría compartiendo el cuarto con su amigo.

Al llegar al hotel, se identificó en la recepción y recibió una llave para ingresar al cuarto, su nombre estaba en la reservación también. Caminó a paso suave y lento para que los rodachines de su maleta no delataran su presencia. Se acercó a la puerta despacio y metió la llave delicadamente en la cerradura. Abrió la puerta rápido, pero cuidadosamente y exclamó:

- ¡Sorpresa!, antes de que sus ojos pudiesen procesar la escena frente a sus ojos.

Camino al cementerio, el amigo de Carla y Renan habían decidido pasar por el hotel con el pretexto de recoger una chaqueta para el frío. Ya dentro del cuarto, Renan comenzó a comportarse de manera extraña y oscura, para lo cual el amigo de Carla tenía una solución rápida y perfecta.

- ¡Oh my god, José Joaquín!, exclamó Carla mientras observaba petrificada lo que estaba sucediendo.

Por un instante escuchó la voz de su madre contándole lo que había visto en las noticias y vio a su amigo en los periódicos de Bolivia y en los titulares internacionales. No sabía qué hacer, no sabía cómo reaccionar.

Por su parte José Joaquín, el fiel acompañante de viajes y amigo de Carla, la miró directamente a los ojos mientras sus dientes terminaban su trabajo en el cuello de Renan. El placer que ese acto le producía no lo dejaba pensar claramente, pero sí lo suficiente para saber que Carla no debería estar ahí en ese momento. Para su suerte, Carla perdió el conocimiento tras el shock de tal escena y se desplomó en el suelo. Esta era la oportunidad de José Joaquín para planear su escape de La Paz lo más pronto posible sin lastimar a su amiga, pero no sin antes deshacerse del cuerpo de su víctima tal y como lo había hecho en Buenos Aires, en Punta del Este y en otras ciudades. Esta vez no vería los carteles esparcidos por la ciudad, anunciando la desaparición de Renan en cada poste de La Paz.

Isis Kalavera

- ¿Y para cuándo cree que me puede hacer el trabajito, Isis?

- Pues es que toca esperar a que me consigan la parte que necesito para el amarre, porque sin ella no se puede hacer nada. Pero toca con paciencia, yo le aviso, mi muchacho está trabajando en ello.

De lunes a viernes, de cinco de la mañana hasta poco antes del mediodía, Isis se dedicaba a vender aguas aromáticas en un barrio del sur de Bogotá. En las noches fumaba tabaco mientras rezaba frente a un altar con fotos de sus muertos y una estatua del divino niño, pidiendo favores a la santa muerte y convocando las energías oscuras que rondaban por la sabana desde hace siglos atrás. Los fines de semana se emborrachaba en los bares de mala muerte de su barrio para olvidar sus penas, y de vez en cuando terminaba con un borrachín en su cama.

Isis no era una mujer común y corriente. A diferencia de las mujeres en su familia, sus senos nunca crecieron y sus caderas nunca se ancharon. A los quince años desarrolló una manzana en la garganta y le empezó a salir vello facial. Siempre sintió que había nacido en el cuerpo equivocado. Después de la muerte de su padre, a los veinticinco años, decidió empezar a teñirse el cabello de rubio, y a rellenar las copas de su brasier con calcetines de algodón para darle forma a su pecho. Empezó a ponerse faldas y a vestir zapatos con tacón públicamente. Lo que tenía entre sus piernas ya no la definía.

A pesar de su valentía, la vida no la había tratado con

el respeto que se merecía, y ahora a sus cincuenta y pico
de años se encontraba un poco resentida. Vivía sola en
un primer piso donde guardaba su carro de aromáticas, y
donde podía practicar las brujerías que había aprendido
de su madre y de su madrina sin que nadie la molestara.
Sus trabajos eran usualmente para amarrar a amantes
escurridizos, provocar enfermedades inexplicables, y causar
miedos no conocidos. Sus brujerías eran potentes y efectivas
gracias a los elementos que utilizaba, aunque conseguir
aquellos elementos no era tarea fácil. Para ello requería
ayuda especial.

Aunque no creía mucho en el amor, Isis llevaba meses
saliendo con un hombre casado que había conocido en el
barrio donde vendía sus aguas aromáticas. Al principio lo
veía como a alguien que podía sonsacar, pero después se
encariñó con él. Ella sabía que aquel hombre no era feliz,
pues cargaba el secreto de sus verdaderos deseos como un
peso que le asfixiaba el alma. A pesar de tener un buen
empleo como contador, su matrimonio de más de dos
décadas lo traía miserable. Lo único que lo llenaba de
orgullo era su único hijo, un joven de veinticuatro años que
estudiaba en la Universidad Nacional.

Cierto día, después de llegar de su rebusque de las
mañanas, Isis recibió una llamada de una referida que
buscaba un amarre especial. Su petición era particular pues
no buscaba amarrar a un novio, o espantar a la amante de su
pareja, solo quería hacerle un maleficio a su marido para que
desapareciera de su vida. Isis aceptó el trabajo y a las pocas
horas recibió un pago inicial a través de la vecina que le
había referido a la nueva clienta. Esa misma noche comenzó
a fumar una serie de tabacos especiales y a hacer sus rezos
para invocar a las fuerzas que le ayudarían a desaparecer a
aquel individuo.

Después de una noche en trance, y antes de que saliera el sol, las fuerzas que había invocado le pidieron a cambio de su favor, una mano de hombre casado como ofrenda para completar el trabajo. Pero no cualquier mano, la mano debía ser fresca y tener la argolla de matrimonio puesta. Ese mismo día Isis contacto a su sobrino, que desde su llegada a Colombia de Estados Unidos se había dedicado a traficar con partes humanas que les vendía a brujas como ella que se dedicaban a hacer maleficios con magia negra. La paga era buena y alimentaba sus adicciones, pero la búsqueda podía tardar dependiendo del encargo.

Pasaron los días e Isis se estaba tornando un poco impaciente con la demora, su clienta la llamaba todos los días para preguntarle como iba el trabajo. Al ver que su encargo estaba tomando más tiempo de lo esperado, Isis decidió proponerle a su sobrino una coartada. Como era costumbre suya, saldría a tomar el fin de semana; seduciría al primer borrachín con argolla de matrimonio que cayera bajo la hipnosis de sus encantos, lo llevaría a su cueva, y allí su sobrino se encargaría de adquirir la parte que necesitaba para completar el trabajo.

El viernes en la noche, después de fumar sus tabacos y hacer los rezos para cada uno de sus trabajos, Isis se arregló con sus mejores trapos para salir a cazar. Se fue para otro barrio, a un bar donde nadie la reconociera. Ordenó dos botellas de aguardiente, una solamente para ella y otra para compartir. Coqueteó con varios borrachos, pero ninguno traía la señal del matrimonio puesta. No fue sino hasta que se encontró totalmente borracha que por fin dio con aquel individuo que había esperado toda la noche, un adúltero al que se le había olvidado quitarse la argolla de matrimonio y que quería pasar la noche con ella.

La conversación fue breve y en un par de minutos

los dos estaban listos para salir del lugar. A duras penas Isis podía mantener sus ojos abiertos, tampoco podía caminar derecha, pero aun así sabía que tenía en sus redes a la víctima indicada. Su borrachín de turno la ayudó a sostenerse mientras salían del bar, para luego agarrarle el cabello mientras vomitaba antes de parar el taxi que los llevaría a la casa de ella. Al llegar a casa, Isis abrió la puerta con dificultad, echó doble candado y se dirigió a su cuarto mientras su invitado seguía sus pasos. Con delicadeza su macho de turno la acomodó en su cama mientras ella se refundía en un sueño inevitable.

Desde el patio, un par de ojos observaban lo que sucedía adentro. Isis había dejado la ventana del patio sin seguro deliberadamente para que su sobrino pudiese entrar a ejecutar el plan. Él ya llevaba horas afuera listo para el ataque.

Después de dejar a Isis en su lecho de dama, el borrachín se dirigió a la cocina a tomar agua. En ese momento el sobrino de Isis entró sigilosamente por la ventana con navaja en mano, y caminó silenciosamente hasta posicionarse fuera de la cocina sin ser escuchado. El borrachín tomó un par de sorbos de agua, colocó su vaso en el lavaplatos y se dio la vuelta para salir de la cocina y dirigirse al cuarto de Isis. Al cruzar la puerta, el sobrino de Isis se abalanzó hacía él, le puso la mano directamente en la boca para que el tipo no hiciera ruido, y le pegó un mordisco salvajemente en la yugular que lo hizo sangrar de inmediato.

Hubo puñaladas y mordiscos repartidos sin discriminación hasta que el borrachín terminó en el suelo desangrado. Después de ello, el sobrino de Isis se dedicó a completar su trabajo; removió la parte solicitada por Isis, tratándola como un trofeo, para luego envolverla en un pedazo de periódico que se encontraba en un gabinete de la cocina. Dejó el encargo en la mesa de noche de Isis que se encontraba en tal estado de ebriedad que nunca sintió la conmoción en su apartamento. El sobrino de Isis desmembró el resto del cuerpo para luego desaparecerlo, dejando un par de charcos de sangre en el suelo, que Isis tendría que limpiar cuando despertara.

Al despertar, Isis sintió un gran dolor de cabeza, pero al ver el envuelto en su mesa de noche se sintió más aliviada. Se sentó en su cama, agarró el empaque y lo empezó a destapar. Sus ojos se tornaron confusos y una lágrima rodó por su mejilla, ella reconocía la argolla en la mano mutilada. Desesperada busco su celular y revisó su historial de llamadas y de mensajes.

La noche anterior, en su estado de embriaguez y al ver que ningún macho le paraba bolas en el bar, Isis decidió llamar al único hombre que le prestaba atención, a su amante casado. Al ver que no le contestaba su llamada, le envió un par de textos pidiéndole que la buscara en el bar donde se encontraba porque no se sentía bien y no sabía cómo llegar a su casa. Al recibir los mensajes, su amante que ya estaba en cama con su esposa, se inventó una excusa de último momento para salir de su casa. Su esposa sabía que todo era una farsa.

Isis lanzó un grito de dolor al reconocer su error y se aferró a la mano fría de su amante, llorando inconsolablemente en el medio de un guayabo que ya se le había olvidado por la impresión. Sin saberlo en ese momento, su maleficio había hecho efecto y el favor que había solicitado se le había otorgado. La mujer que la había contactado para realizar el trabajo era la esposa de su amante, que ya sabía del cuento que Isis tenía con su marido.

Una Lección de Flebotomía

Nicolás era de Colombia, pero llevaba viviendo en Estados Unidos más de treinta años, aunque solo llevaba viviendo un par de meses en Los Ángeles. A sus cincuenta y cinco años, se encontraba viviendo solo después de haber terminado la relación más larga de su vida. Enseñaba psicología en una universidad local y disfrutaba de la compañía de hombres jóvenes que lo hacían olvidar su edad, pero la cual recordaba cada vez que le dolía la espalda.

Llegué a su apartamento puntual a la cita, había sido un día ocupado para mí, pero necesitaba trabajar para poder enviarle dinero a mi tía en Colombia. Mi tía era una bruja y me estaba haciendo un trabajito para poder encontrar el amor. Al momento que Nicolás abrió la puerta el sonido de la música clásica que tocaba en su sala llegó a mis oídos, me pareció un sonido interesante. Me identifiqué con mi nombre, José Joaquín, y pedí permiso para pasar. Luego de firmar un par de documentos, expliqué el procedimiento, me coloqué mis guantes y me preparé con aguja en mano para tomar la muestra de sangre requerida para su seguro de vida.

A comparación de los clientes nerviosos que veía a diario, Nicolás se encontraba emocionado porque lo chuzara. Al ver sus brazos, pude notar entre cicatrices que el uso de agujas era frecuente para él. No hice ningún comentario. Mantuve mi profesionalismo, pero en su mirada veía que le excitaba la idea de que alguien más lo inyectara.

- ¿Te gusta lo que haces?, me preguntó.

Sonreí y contesté que sí.

- ¿Qué edad tienes?

Le contesté que recién había cumplido veintiocho años mientras insertaba la aguja en la vena más jugosa. Al sentir la penetración en su piel, Nicolás dejó de hablar para cerrar los ojos, y mientras la aguja absorbía su sangre, una expresión de placer que nunca había visto antes en ninguno de mis clientes se reflejó en su rostro.

Para ser honesto, su placer me excitaba también. Después de todo algo turbio me había llamado a esta profesión. Provocar un leve dolor, robar un poco de vida del cuerpo humano, ver el color rojo de la sangre fresca, eran aspectos de mi trabajo que disfrutaba, aunque todo solo se quedaba en mi cabeza pues no podía compartir estos pensamientos con nadie más.

Nicolás percibió el placer que sentí al perforar su vena, y en el momento que retiré la aguja de su brazo y le puse la gaza para parar el sangrado, abrió los ojos para perderse en mis pupilas y perforar mis pensamientos. Me sentí vulnerable. Sin perder el tiempo, aprovechó ese instante para hacerme una propuesta que yo no podía dejar pasar.

- Veo que disfrutas tu trabajo.

No pude responder verbalmente, pero mis ojos me delataban.

- ¿Me quieres perforar una vez más?

Me sentí seducido por su acento Bogotano que usualmente no escuchaba en Los Ángeles, y sólo pude contestar con un "de una" sin perder el contacto visual que nos encadenaba en ese momento.

Me sonrío con picardía y yo le contesté con una sonrisa más pícara aún. Le dije que tenía que hacer una llamada para cancelar mis últimas citas del día. Nicolás me dejó a solas en la sala mientras iba a su cuarto para traer las herramientas que utilizaríamos para saciar su depravación.

Llamé a Carla, mi compañera de trabajo con la que hacía exámenes de sangre de vez en cuando, para pedirle que me cubriera el resto del día. Era una entrada de dinero extra para ella y no dudó en aceptar el favor. Después de colgar intenté recobrar la cordura, no podía creer la situación en la que me estaba metiendo. ¿Estaba siendo manipulado por este hombre mayor? ¿o finalmente estaba accediendo a la curiosidad oscura que guardaba dentro de mí?

Nicolás salió de su cuarto con una caja que contenía los elementos que utilizaríamos. Colocó sus herramientas en la mesa y me volvió a mirar con esos ojos que sabían exactamente que yo era la persona indicada para satisfacer su fantasía.

- ¿Sabes guardar secretos?

Sólo moví la cabeza de arriba para abajo indicando que sí.

- Esto queda entre tú y yo nada más.

Sacó su propio torniquete, su colección de jeringas, y luego la metanfetamina que quería que le aplicara. Las cicatrices en su brazo eran producto de su adicción. Preparó la droga a su medida y me pidió que le cortara la circulación con fuerza para que la sustancia lo dominara más rápido. La adrenalina me tenía ciego. Podía perder mi licencia de flebotomía en California, pero no importaba, el morbo que provocaba este escenario era más grande que cualquier consecuencia.

Le puse el torniquete en el brazo izquierdo para no volverle a perforar la misma vena y le pedí que cerrara el puño hasta que su vena ganara volumen. Lo miré directamente a los ojos y le pedí que no perdiera contacto visual conmigo. Esta no era sólo su fantasía, también era la mía y debía disfrutarla al máximo.

Inserté la jeringa con cuidado, bajando la mirada rápidamente. Los ojos de Nicolas me buscaron hasta volverme a encontrar; en ese momento descargué el líquido que él había preparado. Retiré la aguja, solté el torniquete, y la metanfetamina, que lo controlaba a través de su dolor de espalda, recorrió su sistema circulatorio a la velocidad de la luz. Los efectos de la droga fueron casi inmediatos. Nicolás se veía renovado, vibrante con una energía oscura.

- Quiero que me inyectes ahora, dije yo.

Sus pupilas se dilataron aún más.

- Perfórame como te perforé yo, pedí sin dudarlo.

Me levanté la manga y me puse el torniquete mientras Nicolas preparaba la dosis indicada para mí. Mis deseos me estaban controlando. Apreté mi puño varias veces hasta que la vena de mi brazo se inflamó, luego la palpé para sentir su grosor, y al confirmar que estaba lista para ser penetrada, indiqué que estaba listo para ser inyectado.

La droga tenía a Nicolás eufórico y más con la idea de corromperme. Agarró la jeringa ya con la droga en ella, y sin ponerse guantes penetró mi vena con una carga que cambiaría mi existencia para siempre.

Solté el torniquete y, casi instantáneamente, sentí la metanfetamina apoderándose de mí. Nunca me había sentido tan vivo, tan libre de mis inhibiciones. Mis deseos más oscuros eran ahora normalizados. No había dolor alguno dentro de mí, me sentía invencible. Mis pupilas se dilataron mientras la música clásica en el fondo abarcaba el ambiente.

- Estoy a tu disposición, dijo Nicolás.

- ¿Me dejas probarte?, pregunté.

- De la manera que quieras.

De repente la curiosidad que siempre tuve desde niño y que me había inspirado para trabajar con sangre se apoderó de mí.

- ¿Me dejas chuparte la sangre?, pregunté.

- ¿Es ese tu deseo más oscuro?

- Sí, contesté.

Nos pusimos de pie y Nicolas se posicionó frente a mi hasta que nuestras narices se rozaron.

- ¡Dale, muérdeme!

Bajé mi cabeza hacía su cuello. Rocé la punta de mi nariz en su piel para capturar su aroma, mientras cerraba los ojos imaginando el sabor de su sangre.

- Esto va a doler un poco, dije yo.

- El dolor no me asusta, respondió Nicolas.

Puse mis labios en su cuello con delicadeza para sentir la sazón de su piel. Abrí mi boca lentamente, para luego cerrarla mientras pellizcaba su piel con mis dientes sin provocar daño. Volví a abrir mi boca para luego aferrarme a un trozo de su piel con mi colmillo izquierdo. En ese momento, todo el salvajismo primitivo que llevaba dentro de mí se concentró en mi colmillo, y apreté fuerte hasta que su piel cedió y se rasgó un poco, provocando un pequeño sangrado.

Fue allí cuando mi fantasía se consumió finalmente. La sangre de Nicolás penetró cada una de mis papilas gustativas y me embriagué de su sabor. Afuera, el cielo de la ciudad de Los Ángeles se tornaba color naranja y las nubes sangraban un color rosa fuerte. Aquella tarde que dejé de ser un mero mortal para convertirme en una criatura invencible. Aquel mordisco me volvió adicto a la sangre de hombre, fue allí cuando me convertí en vampiro.

Cuidado con Santiago

Después de haber pasado casi dos años en prisión, por fin Santiago era deportado. Esta era la segunda vez que pasaba tiempo tras las rejas, pero la primera vez que lo sacaban del país. Su meta de reunir suficiente dinero para comprar un par de propiedades en Bogotá se desmoronaba, al igual que la ilusión de volver a vivir en Estados Unidos.

Su carrera criminal había iniciado a temprana edad en Bogotá, donde se dedicaba a atracar en el centro de la ciudad. A los veintitrés años se le presentó la oportunidad de viajar a Estados Unidos, donde desde el primer día se dedicó a robar ropa de alta costura de los centros comerciales con unos compatriotas. Por descuido propio terminó en la cárcel en una ocasión, pero luego de salir volvió a las mismas mañas. Su actitud irresponsable le costó varias veces la membresía en varias organizaciones, así que después de varios encontronazos terminó trabajando solo.

Eventualmente Santiago encontró el amor en la ciudad de Nueva York y fue entonces que decidió de una vez por todas dejar atrás su vida como delincuente para poder formar una familia. Para su mala suerte, a los tres meses de haber nacido su primera y única hija, fue detenido a las afueras del restaurante Mexicano donde trabajaba como lavaplatos bajo una identidad falsa.

- Tiene derecho a permanecer callado, dijo el oficial al ponerle las esposas.

Santiago sabía que guardar silencio era su mejor defensa y no dijo nada, pretendió no saber hablar inglés, aunque tenía un dominio básico del idioma.

Ya en la patrulla, los oficiales empezaron a hablar del caso entre ellos, y fue allí donde Santiago, que inicialmente pensaba que uno de sus ex compañeros del gremio lo había sapeado, entendió la verdadera razón por la cual estaba detenido.

Antes de vivir en Nueva York, Santiago había vivido en Los Ángeles. Fue allí donde desarrollo una nueva modalidad de robo después de que nadie más quería trabajar con él. Viendo la facilidad de conocer desconocidos a través de las aplicaciones de citas, creo un perfil falso en una aplicación exclusiva para hombres, sin fotos de cara que lo delataran, con el propósito de conocer extraños para robarlos.

En su primer encuentro conoció a un hombre casado, al cual le robó la tarjeta de crédito en el momento que se distrajo. Y así hizo con el segundo, y el tercero. Siempre conocía a sus víctimas en lugares públicos y, aunque era amable con ellos, nunca dejó que las cosas pasaran más allá de su zona de comodidad, después de todo él no sentía ninguna atracción física por ellos. Nunca levantó sospecha pues siempre se ofrecía a ayudar a buscar los objetos perdidos, y siempre demostraba genuinidad.

Después de conocer a varios caballeros, se empezó a sentir más seguro de lo que estaba haciendo y comenzó a encontrarse con ellos directamente en sus viviendas. Solo conocía a hombres que vivían solos y siempre escaneaba el lugar desde el momento que cruzaba la puerta para ver dónde podrían encontrarse las cosas de valor. Siempre aprovechaba el momento en que sus víctimas iban al baño para agarrar lo que cabía en el bolsillo y luego les rompía el corazón diciéndoles que no había interés alguno. Si el sitio tenía promesa, hacía un plan de seguimiento para saber cuándo sus víctimas no estarían en casa y volver días después para saquear lo que se veía vendible.

Después de varios saqueos, Santiago decidió mantener un perfil bajo y borró la aplicación de citas de su teléfono, pero la maña le empezó a picar poco a poco y eventualmente se volvió a conectar. Apenas se puso en línea intercambió mensajes con varios personajes hasta que finalmente concretó una cita con su nueva víctima, un profesor universitario de cincuenta y ocho años que vivía solo y buscaba compañía. El intercambio fue breve pero directo, y en menos de una hora Santiago estaba en camino al apartamento de aquel desconocido.

El profesor vivía en una buena área de Los Ángeles, en un edificio un poco viejo pero que se mantenía en buen estado. Vivía en el último piso para tener mayor privacidad. Al llegar Santiago, marcó el código de entrada que el profesor le había dado durante el intercambio de mensajes, subió al tercer piso, golpeó en la puerta dos veces y esperó a que le abrieran. El profesor abrió la puerta, y para su sorpresa, Santiago que nunca enviaba fotos de cara, se veía mucho mejor de lo que él había esperado.

Santiago se quitó los zapatos antes de pasar para no ensuciar la alfombra, hizo una observación discreta, y se pudo fijar que el profesor tenía varias pinturas de valor. Pasaron a la sala y después de intercambiar un par de palabras, los dos notaron que eran de Bogotá. El profesor le ofreció algo de tomar, y Santiago aceptó un vaso de agua. El profesor se dirigió a la cocina y lo dejó a solas en la sala mientras traía la bebida.

El sonido leve de la música clásica en el apartamento le daba un toque especial al lugar, Santiago se sentía de estrato seis. Se tomó su vaso de agua con calma para observar las pertenencias del profesor detalladamente. El profesor entabló conversación por un rato hasta que Santiago se empezó a sentir más relajado, un poco mareado, confundido, hasta que finalmente perdió el control. El profesor le había puesto algo en el agua.

Cuatro horas después Santiago se despertó desnudo en la tina del baño cubierto por agua tibia con espuma. No sabía cómo había llegado allí, ni lo que había pasado. No recordaba donde estaba. Agitado se paró como pudo: salió de la tina, abrió la puerta del baño y salió al pasillo dejando sus pasos húmedos en la alfombra. Se sentía en un laberinto. Entró en una de las alcobas sin saber que era el cuarto principal del apartamento y vio al profesor semi desnudo en la cama. Confuso, pero con rabia, se dirigió hacía aquel individuo que lo había engañado.

- ¿Qué fue lo que me hizo viejo hijueputa?, exclamó Santiago.

- No me digas que no te gusto, dijo en tono burlón el profesor.

Santiago agarró al profesor por el cuello y lo ahorcó con todas las fuerzas que tenía mientras lo miraba directamente a los ojos con la furia más fuerte que jamás había sentido. El profesor no reaccionó y dejó que Santiago saciara su furia contra él. Al perder el conocimiento Santiago lo soltó, su conciencia lo detuvo, pues al final de cuentas era un ladrón, no un asesino.

Mientras el profesor yacía inconsciente en su cama, Santiago buscó su ropa por todo el apartamento, se vistió rápidamente y agarró de la pared el cuadro que se veía más caro. Salió del apartamento aún sintiéndose desubicado, prometiéndose así mismo nunca meterse en una aplicación para citas otra vez en su vida.

El profesor recobró conciencia luego de que Santiago

saliera de su apartamento. Su plan había salido a la perfección. Aunque había desnudado a Santiago, y lo había guiado a la tina del baño, su intención nunca fue seducirlo. Su objetivo era producir en Santiago un gran estado de confusión que lo llevase a actuar impredeciblemente cuando recobrara la conciencia. Al fin y al cabo, lo excitaban las situaciones de riesgo. Se quedó en su cama saboreando el shock por unas horas, sintiendo la fuerza de las manos de Santiago sobre él.

Cuando finalmente se puso de pie, se dirigió al espejo para ver cómo le había quedado el cuello.

- Que manos de hombre, se dijo a sí mismo el profesor mientras pasaba los dedos sobre su piel.

Salió de su cuarto y se dirigió a la sala. Miró fijamente a la pared y se dio cuenta que le hacía falta su posesión más preciada, un cuadro que había pintado su abuela décadas atrás. De inmediato llamó a la policía para reportar el robo, nunca mencionó que un desconocido lo había estrangulado en su cama, solo mostró afán por recobrar su pintura como fuera.

Dolores Park

Pasé varias noches en Reno, pero los pensamientos que me perseguían desde que me quedé en el Clown Motel no me dejaban descansar. Me fui de Nevada con rumbo a San Francisco con la intención de dormir en mi carro y quedarme en el área de la bahía por un rato. Me tome un par de días en llegar, pues no tenía ningún afán. Desde el momento que llegué a la ciudad, mi ansia por consumir me insistía con fuerza, pero no quería hacer más daño, así que después de echar cabeza por casi dos semanas, decidí contactar a una organización de servicios humanos para recibir consejería. Me conectaron con Eduardo, un trabajador social que trabajaba con los habitantes de calle de la ciudad.

Inicialmente sentí temor a ser juzgado, pero su presencia me hacía sentir cómodo y poco a poco pude compartir mi agonía con él. Le conté qué, aunque solo había probado la metanfetamina una sola vez hace varios años, un deseo incontrolable por otra sustancia había despertado en mí, y desde ese entonces me había vuelto adicto a ella. No revelé que la sustancia era sangre para no asustarlo.

Le comenté cómo al principio me dedicaba a conocer personajes raros de las redes sociales que saciaban mi adicción a cambio de mi compañía, y como después de un tiempo empecé a sentir miedo de que las cosas se fueran a salir de mis manos, pues todo se estaba tornando un poco oscuro. Fue en esa época cuando decidí que lo mejor era irme para Colombia por un rato.

Eduardo me pidió que le contara acerca de mi experiencia en Colombia. No sabía cuanta información podía proporcionarle, pues en Colombia mi adicción no sólo había empeorado, sino que se había tornado mortal. Le solté migajas omitiendo varios detalles para no abrir mi propio hueco. Le conté como en Bogotá mi tía me había conectado con un negocio en el mercado negro para vender repuestos, sin divulgar que en verdad eran partes humanas, y cómo después de que ella entrara en una crisis nerviosa por un negocio que le salió mal, decidí marcharme del país para viajar por Latinoamérica. Durante esta aventura mi adicción se volvió más enfermiza, y aunque trataba de huir de mis demonios, siempre me encontraban en cada ciudad que visitaba.

Le conté a Eduardo como mis viajes se vieron frenados cuando el mundo empezó a cerrarse por lo del coronavirus. Le expliqué cómo un día después de haber llegado a Bolivia tomé el primer vuelo hacia Los Ángeles cuando empezaron a cerrar fronteras, no le conté que en verdad estaba huyendo después de haber sido casi descubierto en mis mañas. Le comenté cómo ya de vuelta en California me fui a vivir con mi hermana y cómo desde entonces había logrado controlar mis ansias por consumir. Cuando finalmente las restricciones de la pandemia empezaron a soltarse un poco, regresé a Colombia, pero volví a recaer fuertemente después de reencontrarme con un amigo que había conocido en México años atrás. Nunca hubo mención de aquel taxista que fue mi última víctima. Terminé mi relato contándole que regresé a Estados Unidos a los pocos días, para luego comprar un carro usado y recorrer la costa oeste para librarme de esta energía que me perseguía. Ahora me encontraba en San Francisco y pensaba quedarme en la ciudad viviendo en mi carro por unas semanas.

Al terminar mi historia, Eduardo finalizó sus notas y sugirió una terapia grupal que daba los jueves, me ofreció ayuda para aplicar para vivienda y otros beneficios del estado, y me dijo que si quería podía referirme a un albergue esa noche. Pudo ver en mis ojos que la ayuda que me ofrecía no era la que estaba buscando, Eduardo llevaba varios años trabajando con gente problemática y sabía cómo leer a la gente con facilidad. Había un misterio en mí que podía detectar a leguas y estaba intrigado, yo no era una persona común y corriente y él quería seguir indagando.

- Salgo en una hora, si quieres conversar más nos podemos ver en Dolores Park, dijo Eduardo.

Estuve de acuerdo con su invitación y salí de su oficina rumbo a Dolores Park. Era uno de mis lugares favoritos en San Francisco, desde allí se podía contemplar la ciudad y su gente. Al llegar me senté en la parte más alta del parque y esperé allí hasta que apareció Eduardo a la hora pactada.

Eduardo y yo éramos casi de la misma edad. Él había nacido en la costa este, pero sus padres eran Mexicanos. A diferencia de la conversación en su oficina, el tono de nuestro intercambio en el parque era más casual. Nos dimos cuenta de que teníamos varias cosas en común, nos gustaba música muy parecida y habíamos viajado a los mismos lugares, fue inevitable que él sintiera una ternura inmediata por mí, no sólo le recordaba a sus padres que eran inmigrantes como yo, sino que también le recordaba a él mismo. La oscuridad que me rodeaba no le molestaba, pues él también guardaba deseos oscuros que yo podía percibir fácilmente.

- ¿Vas a dormir en tu carro hoy?, preguntó Eduardo.

- Sí, no tengo donde más quedarme, contesté.

- ¿Me dejas sacarte un cuarto de hotel por esta noche?

Sentí que el universo jugaba nuevamente conmigo, se me estaba presentando una oportunidad en bandeja de plata.

- Los cuartos de hotel me ponen triste, me hacen sentir solo, dije yo.

- Te puedo acompañar por un rato, contestó Eduardo.

Esta era precisamente la tentación de la que venía huyendo. Eduardo había sido tan amable y cordial conmigo y no quería lastimarlo, pero tampoco le quería hacer el desaire.

- Si es así, está bien, respondí.

Dejé mi carro parqueado en una calle cerca a Dolores Park, y nos dirigimos a un hotel cercano que él había encontrado por una aplicación. Ya en el cuarto comencé a sentir esa tristeza que me invadía en los hoteles. Me excusé para entrar al baño y por primera vez al ver mi rostro en el espejo, me di cuenta de que tal vez mi adicción era producto de esa soledad que me acompañaba desde los quince años, cuando inmigré a los Estados Unidos solo, y con doscientos dólares en el bolsillo.

Salí del baño y al ver a Eduardo allí esperándome, me di cuenta de que más allá de mi oscuridad, él había visto mi tristeza. Me acerqué a él y lo miré directamente a los ojos.

- Gracias, dije.

Eduardo me abrazó fuertemente y como si nada me puse a llorar, el dolor que llevaba en mí por fin se materializaba.

- No estás solo, estoy aquí.

Sentí que me derretía en sus brazos como mantequilla al sentir su calor humano. Su cuello se veía tan jugoso y sabroso, pero en ese momento solo quería que no me soltara.

Séptimo Día

- Noticia de última hora: Acaba de ser desmantelada una red de brujas de magia negra en el sur de Bogotá, que se dedicaba a traficar partes humanas a diferentes partes del país y el exterior. La fiscalía ha logrado medidas de seguridad contra varios de los presuntos implicados. Uno de los autores intelectuales de esta red aún no ha sido identificado, pero se sospecha que se encuentra prófugo en los Estados Unidos. Más detalles del desarrollo de esta noticia esta noche en el noticiero de las ocho.

A casi dos años del comienzo de la pandemia del coronavirus, la noticia de la desaparición de un taxista en Bogotá dio la vuelta en los medios locales. Leandro, un coordinador de eventos que se encontraba desempleado, presentía que el caso estaba relacionado con las desapariciones de varios hombres en Latinoamérica años atrás, y aunque la noticia se olvidó a los pocos días, él no la podía sacar de su cabeza.

La pasión de Leandro era la investigación, había estudiado periodismo en la universidad, pero nunca había ejercido profesionalmente por falta de oportunidades. El crimen y los casos sin resolver le fascinaban, y la desaparición del taxista le caía como anillo al dedo. Un par de días después de que la noticia saliera por televisión, Leandro se comunicó con un amigo de la universidad que trabajaba en uno de los noticieros de la noche para poder obtener alguna pista. La única información que obtuvo fue que el dueño del taxi era responsable por la denuncia de la desaparición. Su amigo no tenía más información sobre el caso porque la policía no quería que el público supiera más sobre el tema, pues en verdad no querían hacer seguimiento.

Ese mismo viernes, Leandro se puso a la tarea de contactar al dueño del taxi. Hizo un par de llamadas presentándose como investigador hasta que dio con el tipo. El hombre le contó que Santiago, como se llamaba el taxista, era un padre soltero, vecino suyo, al cual habían deportado de Estados Unidos hace varios años, después de haber pasado tiempo en la cárcel por hurto. Aunque inicialmente tenía dudas de prestarle el carro por su historial criminal, el dueño del taxi sabía que la cárcel había cambiado a Santiago para bien, y él quería ayudarlo. Aunque ya daba su taxi por perdido, el hombre se encontraba preocupado por la desaparición de su vecino, y por eso había hecho lo imposible para que el caso de la desaparición saliera en las noticias. Leandro pidió ciertos datos del taxi, y prometió comunicarse si encontraba alguna información.

Al día siguiente se fue por varios negocios donde sabía que se vendían piezas robadas. El taxi tenía ciertos daños cosméticos y algunas partes serían fáciles de reconocer. Después de recorrer por varias horas, dio con uno de los espejos del taxi en un taller de mala muerte. Preguntó por el otro espejo, pues según él, necesitaba las partes con urgencia. El tipo que atendía el negocio hizo una llamada y luego de colgar dijo que el otro espejo no estaba disponible. Leandro tenía una gran pista en sus manos, en efecto el carro había sido desvalijado, pero no quería generar desconfianza en el hombre.

- No hermano, es que ando buscando los dos espejos, uno solo no aguanta. Gracias de todos modos, dijo Leandro.

Mientras salía del taller se percató de un pequeño altar en una de las esquinas rodeado de veladoras negras que le generó curiosidad.

- ¿Disculpe la imprudencia, pero qué es eso que tiene en la esquina? Me llama la atención.

- Es un trabajito para proteger el negocio contra la sal.

- ¿En serio? Yo desde hace rato necesito una limpia, replicó Leandro.

- Sí hermano, conozco una bruja buenísima. No se le arruga ningún trabajo. Es del barrio donde yo vivo.

- ¿Cómo se llama?

- Le dicen Isis Kalavera porque disque se comunica con los muertos.

Aunque no consiguió ninguna pista concreta sobre la desaparición del taxista, Leandro salió del establecimiento con el número de la bruja en mano, lo tenía intrigado el nombre. Al llegar al apartamento no pudo contener su curiosidad, agarró su teléfono y marcó el número que le había dado el vendedor de repuestos.

- ¿Aló?, contestó una voz un poco ronca.

- Si, pudiera hablar con Isis, por favor, pidió Leandro.

- ¿De parte de quién?

- Leandro. Me dieron el número de ella para un trabajito.

- Sí papi, con ella habla.

Había un leve grosor en la voz de Isis, lo cual generaba aún más curiosidad en Leandro. Después de un cruce cordial de palabras, Leandro le explicó a Isis la razón de su llamada. Le contó que se encontraba desempleado desde el inicio de la pandemia, y que necesitaba una ayuda del más allá para encontrar trabajo. Isis le pidió un poco de información personal y le dijo que haría un par de rezos por él.

- ¿Quiere que le haga una limpia con tabaco, papi?

- Nunca me he hecho una, pero si me parecería genial, contestó Leandro.

Pactaron un encuentro nocturno para el próximo día. Isis también se encontraba intrigada por la voz de Leandro. Le sonaba como un hombre joven de treinta y tantos años, típico Bogotano de clase media, con recursos para pagar un poco más de lo que sus clientes típicos del sur de la ciudad pagaban.

Isis preparó un par de tabacos para su nuevo cliente, limpió su apartamento, sacó un par de veladoras y artefactos, las fotos de sus muertos y uno que otro amuleto para mistificar su espacio. Una hora después de que la oscuridad cubriera la capital, llegó su nuevo invitado que era exactamente como lo había imaginado.

Leandro por su parte no sabía cómo reaccionar, su curiosidad lo había llevado al primer piso de una casa en el sur de Bogotá, a las manos de una bruja rubia transgénero con varios trucos bajo la manga. El apartamento tenía varias veladoras estratégicamente posicionadas en cada esquina, un par de altares con santos y rosarios, otros con fotos de familiares fallecidos. Ya en el patio, donde tomaría lugar la limpia, había un carro de aguas aromáticas en una de las esquinas y unos repuestos arrumados al lado.

Isis baño a Leandro en humos de tabaco mientras le tiraba rezos que sólo ella entendía convocando energías del más allá.

- Papi, pídale lo que quiera a las almas, aproveche de una vez que están aquí.

- Quiero que me ayuden a trabajar profesionalmente como periodista.

Isis continuó su rezo hasta que se extinguió el tabaco. Leandro abrió los ojos, pues los había mantenido cerrados durante la limpia. Miró a su alrededor un poco desorientado hasta que sus ojos se fijaron en el carro de aguas aromáticas y en la pila de partes que se encontraban al lado. En el tope de la pila se encontraba un espejo de carro, igual al que había encontrado el día anterior en el taller, con un pequeño golpe en el costado que encajaba con los daños cosméticos que el dueño del taxi le había mencionado.

- ¿Cómo se siente, papi?, Preguntó Isis.

- Bien, gracias, Leandro tomó una pausa. ¿Y ese carrito?

-Vendo aguas aromáticas por las mañanas.

- ¿Y esas partes arrumbadas al lado?

- Le estoy ayudando a mi sobrino a vender repuestos. Le salió un trabajo en Estados Unidos y se tuvo que ir del país y me los dejó aquí.

En ese momento Leandro supo que las almas lo habían escuchado, pues las pistas le estaban cayendo del cielo, tenía un presentimiento de que su carrera como periodista investigativo iba a despegar como pólvora, y así iba a ser. Lo que no sabía, era que estaba por destapar una caja de pandora que apestaba a sangre podrida.

Naranja Sanguina

Cerré los ojos y dejé que mi conciencia flotara como si me estuviesen arrullando las olas. Recordé las aguas cristalinas de Culebrita en Puerto Rico, mientras trataba de olvidar las preocupaciones y mi propia existencia. No quería pensar en nada ni nadie, pero era inevitable no recordar a esos amantes desafortunados que nunca más volvieron a aparecer.
Ellos siempre supieron que dentro de mi existían deseos oscuros, y era precisamente eso lo que los atraía. Nunca los consideré víctimas, sino más bien exploradores de su propia humanidad. Veían en mi solitud, una oportunidad para que su compañía fuera deseada, y así era, deseaba probarlos hasta dejarlos secos.

Los conocía en la calle, en los bares, en los cementerios, en cualquier lado realmente, y luego los llevaba donde nadie los reconociera. Por lo regular eran hombres solitarios y alejados. Su ausencia no era notada de inmediato. Algunos eran fáciles de seducir, pues estaban hambrientos por el toque humano. Al primer mordisco no sabían cómo reaccionar, y al segundo ya estaban perdidos. A los que eran más ariscos les ofrecía algo de tomar, les tiraba una pastillita, o les soplaba un polvito, y luego esperaba hasta que se durmieran. Los contemplaba por un rato mientras les tocaba el rostro suavemente, eran tan hermosos con sus ojos cerrados. Les olía la piel con delicadeza y les besaba el cuello sutilmente y sin mucho alboroto, hasta que les clavaba los colmillos tal y como si los estuviera inyectando con una jeringa para obtener una muestra de sangre. Todos siempre sabían tan sabroso. Después de jactarme con su sangre esperaba a que sus cuerpos se enfriaran, los desmembraba sin ningún remordimiento, para luego vender sus partes a través de las redes de brujas de magia negra, que me buscaban precisamente para eso.

Luciano fue el único al que no fui capaz de lastimar más allá de un leve mordisco. Él me inspiraba tanta ternura. Yo le recordaba a su padre que había desaparecido sin dejar rastro alguno, y él me recordaba a mí mismo antes de corromperme. Al igual que Luciano, mi padre también había desaparecido y su ausencia me había marcado para siempre. Era su vacío que siempre buscaba llenar en cada encuentro con cualquier desconocido.

No quería convertir a Luciano en un monstruo como yo, pero fue inevitable que él no agarrara un par de mañas después de conocernos en México. Fue así que cuando regresé a Colombia después de que se calmara un poco lo de la pandemia, lo busqué para salir de caza en la ciudad. Luciano no se imaginaba que, en vez de salir en busca de sangre, yo llevaría conmigo a un taxista desafortunado que, al intentar atracarme, resultaría con el cuello devorado por un par de vampiros adictos a la sangre de hombre latino.

Cuando recibí la llamada de Luciano para decirme que la desaparición del taxista había salido en las noticias, mi ego subió por las nubes pues nuevamente sentía el reconocimiento que me merecía por mis actos. No fue sino hasta semanas después que ese sentimiento de orgullo se tornó en preocupación, cuándo Luciano me llamó nuevamente para contarme que, un grupo de brujas de la capital estaba bajo custodia de la fiscalía en conexión a la desaparición del taxista y otros hombres más. Luciano estaba asustado, pero yo le aseguraba que él no se vería implicado, si algún día me atrapaban, yo me echaría toda la culpa.

Después de conocernos por primera vez en Puerto Vallarta, Luciano y yo nos encontramos un par de veces más antes de su regreso a Colombia. Durante nuestros encuentros le permití morderme y probarme, era el primer hombre al que le permitía ese placer. Su primer mordisco fue suave y nervioso, pero en nuestro quinto y último encuentro me mordió con la masculinidad propia de su edad y de su físico. Esa vez mi sangre brotó de manera orgásmica, aunque solo me había rasgado la piel levemente. La pasión que desbordó en mi fue suficiente para cementar su nueva condición de vampiro.

Aunque desde ese entonces Luciano había quedado atrapado en las redes del vampirismo, él nunca había actuado de la misma manera que yo. Lo mío aparte de una adicción, se había convertido en un negocio. Yo disfrutaba de la sangre fresca de hombre a tal grado que no dejaba de chupar hasta que mi presa quedaba inerte, y en vez de tirar cuerpos por ahí, vendía los pedazos como si fuesen ganado. Él en cambio tenía más control que yo, sólo mordía a hombres voluntarios para probar un poco y luego se dejaba llevar por otros placeres carnales. A veces se cortaba un poco para probarse así mismo, y no tener que saborear la sangre de extraños

Un alboroto afuera del hotel me sacó de mis pensamientos abruptamente. Sentía las sirenas de las patrullas cada vez más cerca; mi estómago me decía que venían por mí, no podía abrir los ojos, estaba muy hundido en mi viaje. Yacía en mi cama como si ya estuviese muerto, con la espalda contra el colchón, el rostro hacía el techo y con los brazos a cada lado con las muñecas sangrantes. Con la poca energía que me quedaba levanté mi brazo izquierdo, coloqué la muñeca en mi boca y pude saborear mi sangre por primera vez. Por fin entendía lo que Luciano sentía cada vez que se cortaba.

Mi sangre sabía a fruta cítrica, a naranja sanguina. Me dejé llevar por el sabor que emanaba de mí, hasta que poco a poco dejé de sentir mi forma humana y me fui transformando, dejando atrás mi pasado, mi adicción, y el dolor que llevaba adentro. Mi cuerpo empezó a temblar mientras mis ojos permanecían sellados y las lágrimas brotaban por mis mejillas. Sentí como mi cuerpo se encogía y mi rostro cambiaba su fisionomía, mientras un par de alas negras me cubría la espalda.

Los golpes en la puerta se tornaron cada vez más fuertes, las voces más agresivas, hasta que un estruendo derrumbó la puerta del cuarto. Fue en ese momento que encontré mi oportunidad de escape.

- Aquí no hay nadie, escuché a alguien decir mientras me escapaba por el balcón para tomar vuelo hacía el cielo abierto de San Francisco. Finalmente me había convertido en una rata con alas, en un murciélago frutero, para no lastimar a nadie más.

Segunda Parte: Luna Roja

Melina no es Gallina
(Amanecer)

Alrededor de las nueve de la noche, Isidro recibe una llamada urgente. Su hermana Melina tiene una emergencia y él es la única persona que puede entender la situación.

-Isidro, necesito que se venga ya.

- ¿Qué pasó, hermana?

- No le puedo contar por teléfono. Vengase ya, necesito su ayuda.

La voz de Melina está llena de preocupación y miedo. Isidro se coloca lo que encuentra a la mano y baja por las calles del barrio hasta que llega a una avenida principal para tomar un taxi. Lo único que puede pensar Isidro es que Melina ha sido víctima de violencia domestica nuevamente.

Melina tiene veintitrés años, y conoció a Waldo a los dieciocho años. Al principio, Waldo era atento y cariñoso, pero al transcurso de la relación se volvió celoso y controlador. A los pocos meses, empezó a ordenarle a Melina que mirara al suelo cada vez que salían juntos, para que no hiciera contacto visual con otros hombres. Al poco tiempo, plagado de celos, le prohibió comer helado en público, pues no podía conciliar la idea de que cualquier depravado fantaseara con su mujer al verla lamer.

Las prohibiciones se convirtieron en cachetadas eventualmente, Melina no sabía cómo reaccionar, pues de niña había visto a su padre darle palizas semanales a su madre, y en su mente había normalizado la violencia contra la mujer. Lágrimas corrían por sus mejillas luego de cada ataque, pero ella se comía su orgullo, así como su madre se comía los golpes acurrucada en la esquina de la cocina.

Waldo era temido en las calles, ya que era parte de una pandilla de rateros del barrio que aterrorizaban el centro de la ciudad con robos violentos. Después de haber embarazado a Melina con el primer hijo de los dos, se fue para Estados Unidos a trabajar. Tras cruzar la frontera de México a Estados Unidos por Arizona, viajó a Los Ángeles con la esperanza de ser recibido por un familiar que vivía en la ciudad. Para su sorpresa, su llegada no fue bien recibida y terminó durmiendo en las calles, hasta que logro reunir suficiente dinero para viajar a Nueva York. Ya en Nueva York, se conectó con otros compatriotas de su gremio y se unió a una banda de atracadores internacional.

Después de varios meses mandó a traer a su hermana Nuria y a su esposo para que se pusieran a generar dinero para enviar a Colombia. Waldo y Nuria habían tenido una infancia plagada de carencias y violencia familiar en Bogotá, y desde muy jóvenes se dedicaban a robar para poder proveer para su familia. Luego de vivir juntos los tres por un par de meses, Nuria y su marido decidieron irse a vivir solos. Aunque al principio todo parecía color rosa para Nuria, su marido no tardó en volverse violento con ella, usando como excusa el machismo que traía con él desde Colombia. Nuria mantenía el abuso a escondidas de su hermano, pues sabía que si él se enteraba de que estaba siendo maltratada, las cosas se pondrían aún peor.

Una tarde, luego de haber coronado un trabajo, Nuria visito a Waldo para darle unas joyas que se venderían para la compra de una vivienda para su madre. Era una meta que los dos se habían propuesto desde el momento que Waldo salió de Colombia hacia Estados Unidos. Durante la entrega de esas joyas, Nuria se quitó el único anillo que traía puesto ese día y le pidió a Waldo que se lo diera a Melina.

- Quiero que le de este anillo a la mona, dijo Nuria.

Desde el comienzo de su relación con Waldo, Melina se había ganado el corazón de Nuria por su simpatía. Aparte de ser la mujer de su hermano, Melina se había convertido en su amiga y confidente. Aunque su madre la detestaba porque creía que era una oportunista, Nuria sabía que al igual que ellos, la vida de Melina no era fácil.

Melina pertenecía a una familia de bajos recursos en la que la violencia era pan de cada día. Su padre, un abusivo despiadado, maltrataba a su madre al igual que a sus hermanos después de cada borrachera en la que recordaba su miserableza. Durante su infancia, salía a vender chicharrones de pescado a los bares de mala muerte del barrio para ayudar con la economía del hogar. Los fines de semana se dedicaba a recoger renacuajos de los charcos, para luego venderlos como pescaditos a los niños del colegio. En las noches se perdía en las luces de la ciudad de Bogotá que observaba desde la parte más alta de su casa en un cerro de la ciudad, imaginando que aquellas luces eran Estados Unidos.

- A Melina ya le he enviado suficientes joyas, contestó Waldo.

- Yo sé, pero quiero que ella se quede con este anillo. A ella le gustan las esmeraldas, replicó Nuria mientras le entregaba el anillo a Waldo. Era un anillo de oro, sencillo, con una esmeralda de color turbio en forma de ovalo que representaba las circunstancias presentes de Nuria y Waldo.

Los dos hermanos pasaron la tarde juntos, encaletando joyas entre muñecos de peluche con el plan de enviar una caja a Colombia. Era la década de los ochenta y esa era la manera más fácil de traficar los metales robados. Ya a eso de las ocho de la noche, Nuria se despidió de abrazo y beso para irse a su apartamento, ya era tarde y su marido estaba en casa.

Al llegar al apartamento, su marido la recibió borracho y enfurecido, fijándose que no traía el anillo de esmeralda puesto. De repente, heridas del pasado salieron a flote, malas palabras se repartieron y en un ataque de rabia, el marido de Nuria agarró un cuchillo de la cocina, propinándole cinco puñaladas en el estómago y provocándole un desangrado que no se podía controlar. Nuria murió en un charco de su propia sangre en el suelo de la cocina pensando en su hermano, su madre, en su infancia en Colombia, y en cómo la vida se le terminaba en un apartamento modesto en Nueva York.

Waldo se enteró de la muerte de su hermana a través de una llamada de la policía, el responsable había huido sin dejar pista de su paradero. Waldo prometió vengarse mientras pagaba el traslado del cuerpo de su hermana a Colombia, sin saber que no volvería ver al tipo. Al llegar el cuerpo de Nuria a Bogotá, la madre de Waldo se desplomo de la tristeza, mientras Melina intentaba consolarla.

Meses después, luego de un golpe de suerte, Waldo pudo viajar finalmente a Colombia a reunirse con su familia. Lo primero que hizo al ver a Melina fue entregarle el anillo que su hermana destinó para ella. Luego compartió con sus allegados su plan de invertir dinero y comprar un par de casas en el sur de Bogotá. A los pocos días, y después de que se corriera la voz de que traía plata, las hembras de su gremio lo empezaron a buscar, comenzó a consumir coca, y se puso más violento con Melina, dejándole los ojos negros en varias ocasiones. Melina dejaba de ver a su familia por varias semanas para que no se dieran cuenta del abuso, solo permitía que Isidro la visitara.

Isidro llega a la casa de su hermana, se baja del taxi y va directamente a la puerta. Golpea tres veces hasta que Melina por fin abre.

- Gracias por venir, Isidro. Pase hermano, dice Melina sospechosamente y con nervios.

- Ya le dije que no me diga así, dígame Isis, contesta Isidro un poco irritado.

- Que Isis, ni que Isis, usted es un varón y se llama Isidro. Pase más bien, dice Melina con afán.

La noche anterior Waldo no había venido a dormir a la casa. Melina se imaginaba que estaba con alguna moza de turno por ahí. Al llegar en la mañana, Melina lo confrontó y Waldo le contestó con un par de bofetadas. Resentida, Melina agarró a su hijo, que ahora tenía dos años, y salió disparada por la puerta pues no estaba dispuesta a tolerar el maltrato. Caminó por varias horas, pensando y llorando. Nunca imaginó que a los veintitrés años estaría pasando por lo mismo que su madre aguantó. Aunque Waldo le había puesto casa y joyas, esta no era la manera en la que se imaginaba su vida. No podía soportar más el abuso y menos ahora que sospechaba que estaba embarazada con su segundo retoño. Por primera vez en mucho tiempo, se compró un helado, y se lo comió en el parque con su hijo sin importarle quien la viera.

A eso de las cuatro de la tarde, Melina por fin decidió

regresar a casa. Al llegar, Waldo la recibió con insultos cuestionando dónde había estado. La tensión entre los dos creció, Waldo la empezó a zarandear, mientras su hijo lo jalaba de la camisa para que parara. Sintiéndose sofocada, Melina empujó a Waldo con todas sus fuerzas, zafándose de él, y corriendo hacia la cocina para encontrar refugio.

- ¡Ya me arte de que me pegue, malparido!, dijo Melina mientras se le pronunciaban las venas de la frente.

- ¡Usted me provoca, maricona! ¡Ya no la aguanto!, contestó Waldo con furia. ¡Ahora si se ganó su trilla!

- ¡Póngame un dedo otra vez y no respondo!, contestó agitada Melina.

Isidro pasa a la sala mientras Melina cierra la puerta y echa candado discretamente.

- ¿Y el niño?, pregunta Isidro.

- Está durmiendo, contesta Melina.

- Bueno, ¿qué pasó? ¿No está Waldo?, pregunta Isidro.

En los ojos de Waldo se veía que estaba listo para el ataque. En ese momento Melina abrió los gabinetes de la cocina y empezó a tirar ollas y platos en todas las direcciones. Waldo se lanzó hacia ella, mientras Melina llevada por su adrenalina agarro el cuchillo para cortar la carne que se encontraba en el estante.

- Suelte esa vaina, demandó Waldo.

- Usted jamás me va a volver a poner un dedo encima, ¡¿me oyó?!, contestó Melina agarrando agallas de donde no las tenía.

En ese momento Melina se tiró hacia Waldo, pensando en su madre acurrucada en la cocina después de cada paliza y en su cuñada muerta en el suelo después de ser acuchillada. Ella ya no sería una más, estaba cansada de tanto maltrato. Llevaba puesto en su mano derecha el anillo que Nuria destino para ella, sentía que ese era su amuleto, la protección que necesitaba en ese momento.

- ¡¿Qué hace, se volvió loca?!, exclamó Waldo por primera vez con miedo hacia su mujer.

Melina le propinó tres puñaladas mortales en el cuello. La primera lo agarró desprevenido, la segunda lo tumbó en el suelo y la tercera lo remató. Waldo murió en el suelo, en un charco de su propia sangre bajo su cabeza. En su visión final, se reencontraba con su hermana en el cielo mientras pedía perdón por ser un patán como el malparido que la había asesinado.

Los vecinos estaban acostumbrados al bochinche y a los gritos, así que nadie llamo la policía. Melina por su parte permaneció sobre el cuerpo de su pareja por unos minutos después de su ultimo respiro. Estaba consumida por la adrenalina y no podía procesar en ese momento lo acontecido. De repente sintió un par de ojos que la observaban desde la puerta de la cocina.

- José Joaquín, papito, ¿qué hace aquí mi cielo?, dijo Melina con un tono maternal mientras se daba cuenta de que su hijo de dos años permanecía en la puerta. Su papá y yo estamos jugando, el esta dormidito ahora y hay que dejarlo descansar.

José Joaquín, el hijo de Melina y Waldo, había presenciado el altercado hasta su desenlace. Era tan pequeño, que sus padres ignoraron su presencia como siempre lo hacían durante sus peleas. Vio como su madre penetraba el cuello de su padre con el cuchillo más afilado de la cocina, y como su padre se desplomaba en el suelo para quedar eternamente dormido sobre su propia sangre.

- Papito, váyase para la pieza ya voy, vamos a dejar que su papi duerma un ratico. Vaya, papito. Vaya. Ya voy, le dijo Melina a su hijo, mientras se arrunchaba con el cuerpo frió de su marido y le daba un beso en cada una de las heridas mortales que le había propinado. Sin saberlo, esa escena quedaría impregnada en la memoria de su hijo, que aunque no recordaría con exactitud lo sucedido, desarrollaría un apetito voraz por los cuellos sangrantes.

Melina lleva a Isidro hacia la cocina y le muestra la escena. Isidro no sabe cómo reaccionar. Aunque no es la primera vez que ve a un muerto, nunca se había imaginado lo que estaba viendo.

- ¿Qué pasó, hermana?

Melina le explica a su hermano que actuó en defensa propia, pero que ahora que la adrenalina se le esfumo no sabe qué hacer. Por su parte, Isidro, que en verdad nunca quiso a Waldo, sugiere la mejor solución en la que puede pensar:

- Toca sacarlo de aquí en bolsas, yo puedo desaparecer

el cuerpo.

Isidro lleva traficando con partes humanas desde los dieciocho años, vendiendo partes que roba de los cementerios a brujas de varios sectores de la ciudad. Melina un poco aturdida por lo acontecido, pero sabiendo de los negocios de su hermano, accede al plan.

- No más asegúrese que el niño no se vaya a despertar, sugiere Isidro.

- Es pequeño, no va a decir nada. Yo le digo que el papá no va a regresar, al cabo casi no compartió tiempo con Waldo, ni se va a acordar de él, contesta Melina.

Isidro pregunta dónde están las bolsas negras, y Melina señala a uno de los cajones al lado del lavaplatos.

- Si quiere sálgase, yo me encargo de todo, no quiero que vea, dice Isidro.

Melina sale de la cocina y se mete al baño a tomar una ducha, sabe que su hijo no se va a despertar por un buen rato. Mientras se enjabona para remover la sangre de Waldo de su cuerpo empieza a calcular cómo explicar la desaparición de su marido. Sabe que eventualmente va a necesitar un abogado porque la mamá de Waldo va a hacer lo imposible para dejarla sin nada, después de todo, la vieja siempre pensó que era una oportunista.

Estrella Venenosa
(Atardecer)

Un investigador privado llega a una comunidad de casas móviles a las afueras de Los Ángeles, estaciona su carro y camina hacia la entrada de una de las viviendas. Golpea la puerta, una mujer voluptuosa y de cabellera larga le contesta. La mujer se encuentra un poco nerviosa por la visita, no tanto por las preguntas sino por su situación migratoria, pues vive en el país indocumentada y teme que le manden la migra si no colabora. Invita al investigador a pasar y se dirigen a la sala, la mujer le ofrece un vaso de agua al investigador, pero él no lo acepta. Se sientan y comienza la entrevista.

- ¿A qué se dedica, Estrella?, pregunta el investigador.

- A limpiar casas y apartamentos, contesta Estrella con un poco de nerviosismo.

- ¿Y cuánto tiempo lleva viviendo en Estados Unidos?

- Casi treinta años.

El investigador saca su computadora, pero no puede conectarse al Internet, así que decide tomar notas en su agenda.

- Se ve joven, Estrella. ¿Cuántos años tiene?

- La edad no se le pregunta a una dama... pero tengo cincuenta y dos.

- Disculpe, es parte de mi trabajo, dice con un poco de pena el investigador.

Estrella se conserva bien para su edad, come saludablemente y hace actividad física a diario. Tres años atrás tuvo un problema con sus prótesis mamarias y al pasar nuevamente por el quirófano se agregó un par de tallas más. Aparte se hizo un par de retoques para levantar los glúteos, lo cual la hacen ver a un más deseable.

- ¿Y usted cuántos años tiene, caballero?, pregunta Estrella con una leve picardía.

- Treinta y dos, contesta con un toque de seriedad el investigador.

Estrella se acomoda disimuladamente la blusa y el investigador pretende no darse cuenta.

- Bueno Estrella, vamos a empezar la entrevista.

- Estoy lista.

El investigador hace un par de preguntas básicas para generar confianza y preparar a Estrella para hablar sobre el tema que lo trajo a ella. Estrella habla un poco de sus estragos en los Estados Unidos por no tener papeles, y como siempre se ha mantenido lejos de los problemas para evitar cualquier tipo de contacto con la policía o inmigración.

- Mire, yo llegué aquí a los veinte años, al poco tiempo conocí a mi exmarido y fui ama de casa mientras estuvimos juntos. Cuando lo deportaron a Colombia me tocó trabajar en lo que me saliera. Trabajé en el campo, cuidando niños, y pues ahora limpio casas. Nunca me he metido en problemas con la ley, yo soy una mujer sana, reitera Estrella.

El investigador escucha atentamente.

- Se ve que usted ha sido una mujer luchadora, Estrella.

- Sí señor, luchadora y siempre dispuesta a ayudar a mi familia.

El investigador se aclara la garganta preparándose para cambiar de tema, mientras Estrella se acomoda la blusa nuevamente.

- Ya que hablamos de familia, cuénteme un poco sobre su sobrino, dice el investigador disimulando el morbo que le produce ver a Estrella cubrir sus senos de su mirada.

Estrella se acomoda en la silla y se prepara para dar detalles.

Al cumplir los quinceaños, Melina envió a su hijo José Joaquín a Estados Unidos, con la excusa de que aprendiera inglés y terminara el bachillerato. Esperó que terminara noveno grado y que diera inicio el nuevo milenio para enviarlo a vivir con su hermana Estrella, en Los Ángeles. Ella no quería contarle a nadie, pero la razón por la cual enviaba a su hijo a vivir con su hermana en el exterior era porque desde pequeño, él había desarrollado comportamientos un poco extraños de los cuales la gente hablaba con frecuencia. Las profesoras de primaria le contaban como sus compañeros lo molestaban a diario porque siempre lo pillaban observando, sin quitar el ojo, el cuello de los otros niños de la clase.

Al terminar la primaria y cambiarse de colegio para asistir a la secundaria, la situación no cambió y las burlas continuaron. El hijo de Melina no entendía su fascinación por los cuellos de sus compañeros, pues era simplemente un deseo natural para él, pero todo el mundo le repetía que no era normal, y eso lo hacía sentir incomodo. Después de clases llegaba a casa a encerrarse al baño a llorar, deseando dejar de existir, pues las burlas de sus compañeros le dolían profundamente.

Estrella se desapunta un poco la blusa.

- ¿Y qué es lo que quiere que le cuente de mi sobrino?

Al investigador se le eriza la piel y transpira levemente.

- Cuénteme porque vino a vivir con usted.

Ya en noveno grado y con los cambios hormonales de la pubertad encima, el deseo de José Joaquín por probar el cuello de sus compañeros se empezó a tornar más fuerte. Comenzó a escribir poemas para saciar sus fantasías, pero eso no era suficiente, pues su deseo se volvía más intenso a medida que le cambiaba la voz y le salía más bello en las piernas.

- Mi sobrino vino a aprender inglés, Estrella toma una pequeña pauta. ¿Está seguro que no quiere un poco de agua? Lo veo un poco acalorado.

- Está bien, le acepto un vaso con agua, contesta el investigador con la frente un poco sudorosa.

No fue sino poco antes de que comenzara el nuevo milenio, que los deseos de José Joaquín se le empezaron a salir de las manos. Cierto día, Rodrigo, el joven más apuesto de décimo grado, lo busco para pedirle que le escribiera un poema para una chica que le gustaba. José Joaquín se había creado fama escribiendo poemas de amor para las jovencitas del colegio, y los muchachos lo buscaban con frecuencia para enamorarlas. Halagado por la petición de Rodrigo, José Joaquín accedió al favor mientras observaba su cuello con disimulo.

- Aquí esta su agua, caballero, dice Estrella enganchando la mirada del investigador con sus ojos y seduciéndolo con su presencia de mujer. Para la calentura.

Esa tarde José Joaquín llamo a su madre para avisarle que un nuevo amigo del colegio lo había invitado a su casa para que hicieran tarea juntos, pero la verdad era que iría a casa de Rodrigo a escribir poemas. Los padres de Rodrigo trabajaban hasta tarde y no habría nadie en su casa, lo cual le daría a José Joaquín el espacio perfecto para dedicarse a escribir su poesía. Ya en casa de Rodrigo, José Joaquín se acomodó en el comedor y se puso a escribir, mientras Rodrigo lo ignoraba desde la sala para concentrase en su tarea. Por más de media hora José Joaquín observó el cuello del joven desde la distancia para inspirarse, al terminar se dirigió hacia él para leerle lo que había escrito:

"Tu cuello es la manzana del pecado,
Y si te muerdo
Me expulsan del paraíso...
Quisiera algún día poder besarte,
Así ese beso
No dure más que un corto suspiro..."

Rodrigo lo miró confundido, mientras que José Joaquín, actuando bajo el dominio de sus deseos, se lanzó sobre él, propinándole un mordisco al lado de la yugular y dejándole los dientes marcados, pero sin causar sangrado. Rodrigo asustado lo empujo fuertemente alejándose de inmediato.

- ¡Usted es un demonio!, dijo Rodrigo aturdido por el mordisco. Hágame el favor y váyase ya antes de que lo casque. Ni se le ocurra contarle a nadie que vino a mi casa si no quiere problemas.

José Joaquín se puso nervioso y prometió no contar nada, saliendo de la casa rápidamente para evitar ser lastimado. Después de ese día, nunca más volvió a cruzarse con Rodrigo, pero un chisme de lo acontecido entre los dos se corrió como pólvora por todo el colegio.

El investigador se pone rojo. Estrella se da cuenta y decide calmarlo expresando deseo.

- No se preocupe, que a mí me gustan más jóvenes, dice Estrella lujuriosamente.

Estrella le pone el vaso con agua en la boca al investigador y le da de beber un par de sorbos.

- Usted es una demonia, dice el investigador al calmar un poco su sed. Se pone de pie y agarra a Estrella por la cintura sintiendo sus senos contra su pecho.

- Hágale, yo también tengo ganas, dice Estrella.

Estrella y el investigador se quitan la ropa con afán

y quedan desnudos en medio de la sala. Se besan y se manosean como dos animales en celo. Se tiran en el suelo para consumir la pasión que los tiene embrujados. Ya encima del investigador, Estrella se empieza a sentir más rejuvenecida y energética, mientras el investigador se empieza a sentir agotado y siente que su piel se empieza a arrugar.

- No sé qué me pasa Estrella, me siento cansado, dice el investigador mientras su cabello se convierte en una llanura de canas.

- Mire como me tiene... ¡qué rico!... deme su semilla... Susurra Estrella en el oído del investigador.

El investigador no se aguanta más y explota de placer, abre la boca porque no puede contenerse, mira a Estrella directamente a los ojos, y siente como su alma se pierde en las pupilas de ella. Por su parte, Estrella también llega a su clímax y se siente más joven y bella de lo que se sentía antes de que llegara el investigador.

- ¿Usted creía que me iba a sacar información, así como así?, dice Estrella mientras le cierra los ojos al cuerpo decrepito del investigador que yace en el suelo sin vida.

Estrella se levanta, agarra el vaso con agua que le trajo al investigador, toma asiento desnuda y se refresca.

- Nunca voy a echar a mi familia al agua, se dice así misma Estrella mientras recuerda que desde los treinta años se dedica a robarle la juventud a sus amantes más jóvenes para mantenerse siempre bella, solo que esta vez se le paso la mano.

Hermana de Sangre
(Anochecer)

Claudia Catalina llega a su apartamento en Sherman Oaks, un sector de Los Ángeles, a eso de las diez de la noche. Su viaje a Europa, aunque fascinante, se vio afectado por la presencia de un nuevo virus que ronda por el mundo y tuvo que regresar una semana antes de lo previsto. Después de entrar al baño, se acuesta para por fin poder descansar. Piensa por unos minutos en aquel novio que la dejó plantada días antes de salir de viaje, y en cómo hacerle pagar el desaire. Luego piensa en su hermano que se encuentra de viaje por Sudamérica y en cómo él habría sido el compañero perfecto para su aventura en el viejo mundo.

Claudia Catalina tiene una fascinación por lo oscuro y la astrología, y antes de viajar a Europa, visitó a una bruja del valle de San Fernando para que le leyera las cartas del tarot. Durante la lectura la bruja le pronosticó una decepción amorosa y luego le sugirió una limpia para el amor, pero Claudia Catalina, que viene de una familia de brujas, rechazó la limpia para no desencadenar energías inoportunas. Como lo predijo la bruja, la decepción se volvió realidad a los pocos días cuando recibió un texto de su novio, indicándole que no viajaría con ella a Europa, pues no se sentía seguro de la relación.

El cambio de parecer de su novio no afectó los planes de Claudia Catalina, pues viajó sola de todas maneras. Para apaciguar su decepción, se dedicó a conocer varios machos en cada ciudad que visitaba, para que el despecho no le pegara duro. Durante su viaje de regreso a Estados Unidos la idea de vengarse por el desaire no salía de su cabeza. Ahora que se encuentra de regreso en California, planea contactar a su tía Estrella para que le haga uno de esos trabajos que solo ella sabe hacer. A Estrella le gusta fumar tabaco y hacer amarres para el desamor que aprendió de su madre en Colombia. Se mantiene radiante y bella por medio de sus amantes jóvenes a los cuales les roba la juventud a través de brujerías disfrazadas de pasión.

- Hola tía.

- Hola reina preciosa, ¿y ese milagro?

- Pues ahí ve tía; quería saber si la podría visitar este fin de semana.

- Sí claro mami, venga el sábado.

- Listo tía; quiero que me haga un trabajito.

- ¡Ah, bueno!, acá me cuenta lo que quiere. ¿Ya se comunicó con su hermano?

El hermano de Claudia Catalina es el sobrino mayor de Estrella, y vivió con ella por casi tres años cuando vino al país a aprender inglés. Luego de dominar el lenguaje y graduarse de bachillerato, decidió quedarse en Estados Unidos como indocumentado, pues no quería regresar a Colombia. Luego de obtener sus papeles comenzó a viajar con frecuencia y ya casi nunca lo ve.

- Sí tía, hace una semana me llamó; dijo que estaba en Argentina y que tenía planes de ir a Bolivia a encontrarse con una amiga.

- Tiene que tener cuidado, porque disque van a empezar a cerrar las fronteras.

- Sí tía; yo le dije, por eso me regresé yo de Europa, pero él dice que si las cierran pues que ni modo, que es parte de la aventura.

Estrella y su sobrina hablan de la familia por un rato y programan su encuentro para el fin de semana. Al colgar, Claudia Catalina piensa en su madre y decide llamarla. Su madre vive en Colombia y han pasado meses desde la última vez que se vieron.

- Hola, mami.

- Hola, mija. ¿Qué hace?

- Nada, mami. Ahorita hablé con mi tía Estrella y nos vamos a ver el fin de semana, me va a hacer un trabajito. ¿Cómo están en Bogotá?

- Nosotros bien, mija. En las noticias dicen que ese virus es cosa seria.

- Sí, mami, por aquí también. Y José Joaquín por allá en Argentina, y disque se va para Bolivia. Ojalá no lo vayan a dejar por allá.

Melina, la mamá de José Joaquín y Claudia Catalina, envió a sus dos hijos a vivir a Estados Unidos al cumplir los quince años cada uno. Aunque sus intenciones eran buenas, sus hijos la resienten, pues ella prefirió quedarse en la comodidad de su ciudad natal, en vez de afrontar con ellos el desafío de vivir en otro país como inmigrantes.

- ¿Y cómo le fue por Europa, mija?

- Bien, mami. Al principio andaba con una rabia por ese bobo que me sacó el cuerpo a último momento, pero la pasé súper.

- ¿Y no la ha llamado para disculparse?

- Sí, cómo no, pero lo bloqueé de mi teléfono y de las redes sociales. No voy a perder mi tiempo con un bobo así, ¿qué tal?

Madre e hija conversan un rato más y luego se despiden con saludos para el resto de la familia. Al terminar la llamada, Claudia Catalina piensa en el favor que le pedirá a Estrella. Por su parte, Estrella comienza a rezar un par de tabacos y selecciona unas de veladoras para el trabajo de su sobrina.

Llega el fin de semana y Claudia Catalina tiene claro el mal que le quiere echar a su exnovio. Llega a casa de su tía, la saluda de beso en la mejilla y pasan a la sala. Estrella le ofrece un vaso de agua a su sobrina, y ella lo acepta pues viene con sed.

- Bueno, mami, cuénteme cuál es el trabajito que quiere.

- Pues tía... quiero hacerle un maleficio al tipo que me dejó plantada antes de irme para Europa.

- ¿Y qué tipo de maleficio, mami? Usted sabe que toca ser clara con lo que se pide.

- Pues lo estuve pensando esta semana y como ese tipo es un vanidoso de aquí a la Patagonia, quiero hacerle brujería para que se le caiga el pelo.

- ¿Para qué se quede calvo, así como su hermano?

Las dos mujeres sueltan la carcajada.

- Bueno mami, vamos para afuera. ¿Trajo la foto del man?

- Claro, tía. Yo vine preparada.

Estrella y Claudia Catalina salen al patio donde se encuentra un pequeño altar en una esquina. Estrella prende un par de veladoras y prepara el tabaco con rezos, mientras Claudia Catalina saca una fotografía de su cartera y la coloca en el altar. El rezo de Estrella es básico pero efectivo, y no requiere de elementos macabros, pues Estrella prefiere pactar con energías poco malignas que no pidan mucho a cambio.

Claudia Catalina cierra los ojos, mientras Estrella la guía.

- Listo mami, visualice al tipo como lo quiere ver.

- Lo estoy haciendo, tía.

- Voy a empezar a echar el tabaco. Necesito que se concentre y le pida a las fuerzas que están aquí lo que quiere. Respire, concéntrese y pídales el favor que necesita.

Claudia Catalina toma aire para luego gritar a pulmón abierto.

- ¡Quiero que ese hijueputa se quede calvo por faltón!

Estrella, por su parte, empieza a echar humo a la foto del individuo que toca amarrar, y entre los dientes empieza a invocar a las almas presentes para que se cumpla la petición. Una leve brisa sopla la flama de las veladoras sin apagarlas, mientras la piel se le pone de gallina a Claudia Catalina.

- Mami, ¿y cómo va a pagar su favor?

- Haciendo el rosario todo el mes para el descanso de estas almas.

- Eso no es suficiente, mami. Usted sabe que a ellas les gusta la sangre.

- Yo sé, estaba molestando. Traje una lanceta para picarme el dedo.

- Mami, con ellas no se juega.

Claudia Catalina procede a sacar una lanceta de su bolso y se pincha el dedo del medio para sellar el trabajito, mientras pide una intervención pronta a las fuerzas del más allá. Estrella termina el tabaco y deja las veladoras prendidas con la foto del individuo de cabeza, marcada con la ofrenda de Claudia Catalina. Sobrina y tía pasan el resto del día echando chisme, tomando agua aromática y recordando a esos hombres ingratos que no han sido suficientes para ellas.

A los pocos días, Claudia Catalina recibe una llamada de su hermano que se encuentra en el aeropuerto de La Paz, rumbo a Los Ángeles. Hay sospecha de que las fronteras van a cerrar pronto y no quiere quedarse estancado en Suramérica, así que pide que lo deje quedar con ella mientras las cosas vuelven a la normalidad.

- Sí, Clau, mi plan es solo quedarme por un par de semanas mientras se compone esta vaina.

- No hay problema hermano, usted sabe que aquí hay espacio para usted.

- Gracias. Yo creo que Carla se devuelve mañana o pasado mañana para Miami. La pobre llegó anoche y ahora se tiene que devolver.

- ¡Qué cagada!, toda esa gastadera de plata.

- Yo sé, pero si no se regresa pronto se arriesga a quedarse aquí estancada.

José Joaquín llega al día siguiente al aeropuerto internacional de Los Ángeles. La ciudad está asustada y la gente no encuentra papel higiénico en las tiendas. El mundo teme de sí mismo, pues cualquiera puede ser portador del nuevo virus. Claudia Catalina recibe a su hermano de abrazo y beso, y le ofrece su sala para que se instale mientras todo vuelve a la normalidad.

A los pocos días las fronteras cierran como los medios de noticias habían anunciado. Los negocios empiezan a cerrar y la incertidumbre invade el mundo. No se sabe qué va a suceder. Las semanas vienen y van, y las cosas no regresan a la normalidad. Por su parte, Claudia Catalina decide revisar las redes sociales de su exnovio para ver si el trabajo que le hizo su tía Estrella ha surgido efecto. Para su sorpresa, el hombre no solo ha perdido el cabello, sino también el gusto y el olfato. A su exnovio se le ha pegado el coronavirus.

Luna Roja

Aunque las circunstancias no son las que ella imaginó en su juventud, Carla, que ahora tiene más de treinta años, por fin se va a casar y no puede esconder la emoción. Durante años permaneció lejos de la Florida para poder sanar las heridas de una relación amorosa que no le funcionó, pero la pandemia la obligó a quedarse en casa por casi dos años, forzándola a conocer poco a poco a sus vecinos y llevándola eventualmente a conocer al hombre con el cual se va a casar en unos días. Su vestido será sencillo y blanco, y solo invitará a familiares y a un par de amistades cercanas para las fotos.

Carla revisa nuevamente su lista de invitados y fija sus ojos en el único nombre que no ha confirmado asistencia. Le envía un mensaje de texto a su amistad para preguntar si asistirá a su boda, esperando no molestarlo. Aunque Carla ha estado en contacto con su amigo desde el comienzo de la pandemia, no se ven desde su breve encuentro en Bolivia, el cual se vio interrumpido no solo por la amenaza del cierre de las fronteras internacionales debido al coronavirus, sino también por un evento que sucedió la noche en la que ella llegó a La Paz pero que no puede recordar claramente.

Carla y su amigo José Joaquín se conocieron en Los Ángeles en una clase de flebotomía. Tuvieron una conexión inmediata desde la primera conversación, y desde entonces una amistad floreció entre ellos. Carla se había mudado a California hace poco sin conocer a nadie, y en su nuevo amigo de clase se veía identificada, pues él era de Colombia al igual que su familia materna. Luego de terminar la clase y obtener su certificación para colectar sangre, los dos continuaron en contacto, y de vez en cuando trabajaban juntos haciendo exámenes para seguros de vida.

Después de varios meses de amistad y entrar más en confianza, Carla se enteró del proceso migratorio de su amigo. El hombre había llegado a Estados Unidos siendo un adolescente y estuvo como indocumentado en el país por varios años. Cansado de la falta de oportunidad y la inhabilidad de viajar, termino casándose con la hija de una señora que se dedicaba a arreglar papeles por veinte mil dólares, divorciándose a los tres años cuando le salió la residencia permanente.

Carla creía fervientemente en el amor, y en aquellas épocas no podía comprender cómo alguien podía casarse por los papeles. Aun así, ella admiraba a su amigo, a quien consideraba valiente y aguerrido por querer mejorar sus condiciones de vida en un país en el que no había nacido. Por esa razón, siempre que se registraba con una compañía nueva para trabajar lo refería de inmediato, pues él era excelente con las agujas y no le tenía asco a la sangre, todo lo contrario, le fascinaba.

Luego de trabajar como flebotomista por un rato y ahorrar lo suficiente, Carla empezó a viajar de vez en cuando con José Joaquín. Él viajaba frecuentemente para encontrar amantes de turno en cada ciudad que visitaba, pero cuando viajaba con Carla solo se dedicaba a complacerla a ella. Eventualmente, José Joaquín se fue a vivir a Colombia, yéndose de Estados Unidos en un abrir y cerrar de ojos, pero inspirando a Carla a regresar a vivir a la Florida para estar cerca a sus padres.

A principios del 2020, un deseo de reencontrarse con su amigo comenzó a invadir a Carla. José Joaquín se encontraba de viaje en Sudamérica en ese momento, y tenía planes de ir a Argentina y Bolivia. No tenía previsto encontrarse con nadie conocido, pues era un viaje en solitario que estaba utilizando para saciar sus necesidades.

Sin embargo, compartió su itinerario con Carla, pero no estaba seguro si encontrarse con ella sería buena idea, pues él ya no era la misma persona que ella había conocido años atrás. Sin pensarlo dos veces, Carla compró un boleto de viaje hacia La Paz para encontrarse con su amigo, y de paso visitar unos familiares. José Joaquín estaba nervioso por el reencuentro pero haría lo posible para controlar sus deseos. El día de su llegada, Carla aterrizó antes de lo previsto y apareció en el cuarto de hotel que compartiría con su amigo antes de lo pactado para sorprenderlo, sin saber que la sorprendida seria ella.

- ¡Sorpresa!, exclamó Carla al abrir la puerta, mientras una escena perturbadora penetraba sus pupilas, causando que se desmayara.

José Joaquín, que se encontraba aferrado al cuello sangrante de un hombre sin vida, entró en pánico. Cuando por fin logro despegarse de su presa, se dirigió hacia Carla, que se encontraba inconsciente en el suelo, para mover su cuerpo dentro del cuarto. Sacó de su maleta un polvito que cargaba con él desde Colombia, y que usaba de vez en cuando con hombres ariscos que se resistían a sus deseos. Se puso un poco en los dedos y lo sopló en la nariz de su amiga para mantenerla dormida y para que olvidara lo que había visto.

De inmediato se puso a la tarea de deshacerse del cuerpo de su víctima. Lo llevó al baño, lo sitúo bajo la ducha y lo cortó en varias partes que puso en diferentes bolsas de basura. Aunque siempre hacia lo mismo con todas sus víctimas, nunca lo hizo con tal afán. Al terminar, hizo un par de llamadas con urgencia desde su celular prepagado, siempre reiterando el mismo mensaje.

- El encargo ya está listo, decía José Joaquín en cada llamada.

En el transcurso de unas horas, varios mensajeros enviados por brujas de magia negra locales de La Paz y de El Alto, se encontraron con José Joaquín para recoger partes humanas. Con disimulo se deshizo del cuerpo esa noche, entre bolsas negras, sin hacer mucho alboroto para que los de la recepción no sospecharan. Al terminar, se dedicó a limpiar detalladamente las superficies del cuarto con productos de limpieza que había comprado en la mañana, pues ya había previsto que chuparía cuello esa noche.

Carla despertó confundida al día siguiente. José Joaquín le había quitado el pantalón, pues se había manchado con un charco de sangre cuando intentó acomodarla en una de las dos camas del cuarto.

- Amigo, no recuerdo nada, ¿qué me pasó?

- Amiga, creo que el cambio de altura te cayó mal. Entraste, te sentiste un poco mareada y te desplomaste. Me asusté al principio porque pensé que era otra persona... Por cierto, pensé que te iba a recoger al aeropuerto a la medianoche, ¡imagínate si hubiese estado con alguien!, soltó una pequeña risa José Joaquín.

Un poco aturdida Carla se rió y preguntó:

- ¿Y mi pantalón?

- Te lo quité, lo tenías un poco manchado de sangre. ¿Tienes el periodo?, preguntó José Joaquín sabiendo que a su amiga le llegaba el periodo irregularmente.

- Tú sabes que me viene por ratos, contestó Carla aun en un estado de confusión. No sé qué me paso anoche, me siento un poco rara.

- No te preocupes, estás bien. Nada que no pueda solucionar un té de coca. Ya te lo preparo, agarré unas bolsitas de la recepción ayer.

José Joaquín prendió la televisión y puso las noticias. Mientras le preparaba el té a su amiga, un periodista anunciaba que los turistas estaban saliendo del país como cucarachas, pues el nuevo coronavirus amenazaba con cerrar las fronteras. José Joaquín ya había calculado meticulosamente su plan de escape, por si Carla llegaba a recordar lo que había visto cuando abrió la puerta del cuarto.

- Amiga, tú sabes que he estado de viaje por Sudamérica por un rato. Ayer hablé con mi familia y están preocupados, creen que lo más prudente es que dejé de viajar por ahora por si se empeora la situación.

- ¿Qué me estás queriendo decir? ¿Me vas a dejar aquí botada? Atravesé el hemisferio para verte.

- Yo sé, amiga, pero es que el mundo se está poniendo patas arriba.

- ¡Me estaba muriendo de ganas por verte!

José Joaquín estaba tan cegado por su adicción a los cuellos de hombre, que nunca se había percatado de que su amiga tenía un interés sentimental por él desde la primera vez que se sacaron sangre en la clase de flebotomía.

- Carla, yo te quiero como amiga. Tú sabes que a mí me gustan los hombres.

Carla cerró los ojos, se puso la mano en la frente y se llenó de dignidad.

- No me pongas cuidado. Estoy confundida y mareada. No sé de qué estoy hablando.

José Joaquín se acercó a su amiga, sentándose junto a ella en la cama, la abrazó y le dio un beso en la frente con calidez. Le observó el cuello sutilmente, pero no le provocó nada. Se separó y la frialdad lo invadió de inmediato.

- Amiga, hablé con mi hermana y me voy para Los Ángeles esta noche. No me quiero arriesgar a quedarme estancado aquí.

En verdad José Joaquín no había hablado con su hermana, planeaba hacerlo desde el aeropuerto cuando estuviese huyendo. Carla sintió un balde de agua fría, pero decidió no decir nada, pues después de todo ella se había invitado sola a esta aventura. Su amigo prometió ayudarla con los gastos de hotel si decidía quedarse en La Paz, pero le recomendaba que se regresara a Miami, por si limitaban la salida del país. Ella no estaba segura de que haría, pero José Joaquín tenía que cambiarla de hotel antes de irse.

El amigo de Carla salió rumbo a Los Ángeles esa noche, dejándola instalada en un nuevo cuarto de hotel. Carla se regresó a la Florida a los dos días, sintiéndose un poco mareada, desilusionada y sin recordar con claridad lo sucedido la noche que llego a La Paz a sorprender a su amigo.

Carla abre su closet y ve el vestido blanco que piensa ponerse para la boda, al lado está un vestido negro que usualmente se pone para ocasiones que lo requieren. Decide probarse el vestido blanco una vez más para mirarse frente al espejo, le gusta como se le ve. De repente empieza a sentir un cólico y toma asiento, su teléfono vibra, es un mensaje de texto de su amigo informándole que no podrá asistir a la boda. José Joaquín acaba de llegar de Colombia hace poco y ahora se encuentra en San Francisco, compró un carro usado al llegar, y no tiene el presupuesto para poder viajar a la Florida. Carla le contesta que no se preocupe y que espera que se puedan ver pronto.

El cólico desaparece después de un rato y Carla se pone de pie para verse en el espejo nuevamente. Al ver su reflejo nota una pequeña mancha de sangre en su vestido. Le acaba de llegar el periodo. El matrimonio será en dos días y no quiere gastar dinero en otro atuendo, así que decide usar su vestido negro para la boda, al fin y al cabo, es un matrimonio arreglado para darle los papeles a su vecino. A ella no le importa que vestido tendrá puesto, solo le interesan los veinte mil dólares que recibirá a cambio, y que utilizara para viajar por el sureste Asiático, ya que por fin se están abriendo las fronteras internacionales nuevamente.

Tercera Parte: Cuellos Sangrantes

Arterias Cruzadas

Un mensaje de texto me sacó de mi trance y rápidamente deje de ser murciélago para tomar mi forma humana nuevamente. Los hongos psicodélicos que había comprado hace un par de días en Dolores Park, y que consumí después de que el trabajador social me dejara instalado en este cuarto de hotel, poco a poco iban perdiendo su efecto. Durante mi viaje me había convertido en un murciélago que volaba lejos de San Francisco, buscando naranjas frescas mientras huía de la justicia, pero ahora regresaba nuevamente a mi realidad.

El mensaje que recibía era de mi amiga Carla que preguntaba si asistiría a su matrimonio arreglado. Le contesté que no podía ir, pues había llegado de Colombia hace poco y no tenía presupuesto para viajar. Observé mis muñecas detenidamente para ver si tenía las venas cortadas, pero mi piel estaba intacta. Aun sentía el sabor a naranja sanguina en mi boca, pero todo era un efecto de aquellos hongos mágicos que había consumido la noche anterior.

Inhalé profundamente y solté el aire despacio varias veces tratando de procesar lo que acababa de experimentar. Luego de un rato, la conversación que tuve con Luciano antes de embarcar en mi viaje psicodélico se me vino a la mente. Su voz se notaba preocupada, tenía miedo. Mi tía Isis estaba bajo custodia, al igual que otras brujas de la capital, y si abrían la boca estaríamos perdidos. Pero las brujas eran inteligentes y sabían que lo mejor era dejarme fuera de todo esto, pues yo tenía información comprometedora que las podría hundir aún más.

- ¿Cómo fue que resulté metido en todo esto?, pensé nuevamente mientras miraba al techo tendido aun en la cama.

Si nunca hubiese mordido el cuello de Nicolás cuando nos conocimos, tal vez todavía estaría tomando muestras de sangre con jeringas, nunca hubiera probado la sangre, y no estaría en esta situación. Pero la verdad era que ser vampiro siempre fue mi destino, y de algún modo u otro habría terminado desangrando a alguien para saciar mi curiosidad.

Bogotá, un par de años antes de la pandemia

- Sobrinito, ¡bienvenido a su tierra papi!, dijo Isis al abrir la puerta de la casa donde vivía para recibir a su sobrino que la venía a visitar.

- Gracias tía, tanto tiempo sin verla. Usted no ha cambiado nada, contestó el hombre con una sonrisa.

- Pase papi, pase, y nos tomamos un tintico.

El hombre pasó e Isis cerró la puerta, echando doble candado. Se dirigieron hacia la cocina, dónde ella puso una olla con agua a hervir para preparar el tinto prometido. Su sobrino llevaba casi dos décadas viviendo en Estados Unidos, y había decidido regresar a Colombia con la excusa de reponerse de una relación amorosa que no le funcionó, pero en verdad estaba huyendo de una adicción que se le estaba saliendo de las manos.

Al mirarlo a los ojos, Isis se dio cuenta de inmediato que él era un adicto. Ella sabía cómo identificarlos, pues desde mediados de los años noventa los reclutaba para que le consiguieran las partes que necesitaba para sus brujerías. Ellos, dominados por su adicción, se arriesgaban a cualquier cosa con tal de conseguir plata para satisfacer a sus demonios. Ella los llamaba 'sus muchachos'.

- Y cuénteme papi, ¿cómo va con ese mal de amor?, preguntó Isis mientras preparaba el tinto con cucharaditas de café y azúcar.

- Tía, pues que le puedo contar, fue una traga maluca, y todavía me estoy reponiendo.

El sobrino de Isis sentía que podía confiar en ella, sin saber en realidad lo macabro de sus actividades.

- No se preocupe papi, que usted se repone rápido. ¿Quiere que le haga una limpia?

- Si tía, para eso vine precisamente, a ver si se me quita esto de una vez por todas.

Aunque llevaba varios años sin ver a Isis, su sobrino le enviaba dinero desde Estados Unidos de vez en cuando para que le hiciera uno que otro trabajito para la suerte. Él confiaba fervientemente en sus trabajos, pues después de uno de ellos le habían salido sus papeles de inmigración.

- Bueno, tomémonos este tinto, y luego le hago la limpia, creo que tengo algo en la nevera que le va a gustar, dijo Isis mientras dirigía la taza de café a su boca.

Desde pequeño, su sobrino siempre había sido un poco raro. Todos en la familia sabían que tenía una pequeña obsesión por los cuellos, pero nadie hablaba de ello. Su madre se culpaba a diario por la rareza de su hijo, pues pensaba que ella lo había expuesto a estas preferencias.

De repente un aroma muy particular, pero leve, empezó a penetrar la nariz del sobrino de Isis. No era el tinto, era algo más fuerte, un olor un poco metálico que lo ponía nervioso.

- Bueno papi, ayúdeme. Abra la nevera por favor, para sacar lo que necesitamos.

Al abrir la nevera, un olor a sangre acorraló al sobrino de Isis. Las partes humanas guardadas en el refrigerador estaban frescas, pues habían sido cortadas la noche anterior por uno de los muchachos. Sus pupilas se dilataron, pues no podía escapar. Los charcos de sangre en la nevera lo invitaban a que se arrodillara para que los lamiera como perro. Desde ese día, el sobrino de Isis se convirtió en su muchacho, el único que no cobraba con plata, si no con la oportunidad de poder hundir sus dientes en el cuello de cada macho, antes de empezar a descuartizarlos.

San Francisco

Aunque mi plan original era quedarme en San Francisco por un par de semanas, tenía que regresar a Los Ángeles lo más pronto posible para poder hablar con mi tía Estrella, y así enterarme de lo que en verdad estaba pasando con Isis en Bogotá. Quería irme en la tarde, pero no podía, pues Eduardo, el trabajador social que había conocido el día anterior, pasaría en la noche para hablar conmigo. Él había dejado dos noches pagadas en el hotel, y probablemente quería asegurarse de que me iría al día siguiente.

Decidí salir a caminar para despejar mi mente pues era una tarde hermosa, la niebla que cubría a San Francisco a diario se disipaba poco a poco, al igual que la nube que llevaba en mi cabeza. Regresé al hotel antes de que anocheciera para recibir a Eduardo, él llegó al rato con un par de cervezas para que tomáramos. Al terminarnos todas las botellas, él propuso salir a comprar más alcohol; era viernes y Eduardo no tenía que trabajar al día siguiente, pero yo debía irme en la mañana y no quería levantarme con guayabo, así que acepté acompañarlo, pero sólo tomaría agua.

De vuelta en el cuarto, Eduardo continúo bebiendo mientras yo tocaba música en mi celular. Luego de pasarse un poco de tragos y perder sus inhibiciones, me hizo una pregunta llena de curiosidad:

- ¿Cuál es tu secreto?

Era la misma pregunta que Luciano me había hecho cuando lo conocí en Puerto Vallarta, justo antes de que le pegara el primer mordisco que lo convertiría en vampiro.

- Soy poeta, le contesté con una sonrisa.

- Bueno, recítame un poema.

- No he escrito nada desde hace mucho tiempo.

- ¿Y no te sabes nada de memoria?

En ese instante recordé el poema que escribí en mi adolescencia, en la casa de mi traga de bachillerato, y cuyas letras lo habían asustado.

- Si recuerdo uno. Te lo puedo recitar, pero tiene que ser al oído.

Eduardo se levantó embriagado de su silla y yo me acerqué a él. Era como si estuviese reviviendo el momento en el que fui rechazado por primera vez por un hombre que me atraía. Le agarré la cabeza con una mano, y la bajé para acercar mi boca a su oreja derecha.

"Tu cuello es la manzana del pecado,
Y si te muerdo
Me expulsan del paraíso..."

Moví mis labios rozando su oreja sin intención para luego separarme de su cuerpo sin brusquedad alguna, como si nada hubiese pasado. Eduardo se quedó parado, como si estuviese congelado en el tiempo. Me miró con sus ojos vidriosos mientras yo guardaba un poco de distancia, para evitar las ganas de morderlo.

- ¿No me vas a morder?

Sonreí nerviosamente y bajé la cara, pretendiendo tener un poco de pena, para disfrazar las ganas de ensartarme en su cuello. Después de un momento, nos sentamos para seguir escuchando música. Eduardo siguió tomando cerveza, mientras yo terminaba el galón de agua que había comprado. Al rato se acostó en la cama y quedó profundo, se veía tan vulnerable así dormido, pero yo no podía arriesgarme a lastimarlo. Agarré mi maleta, abrí la puerta del cuarto despacio y me fui del hotel hacía mi carro que estaba parqueado a un par de cuadras; lo prendí, y salí rumbo al puente de la bahía en medio de la noche camino a Los Ángeles, dejando mis deseos sanguíneos en un cuarto de hotel como ya lo había hecho antes.

Bogotá, años noventa

- ¡Otro Taxista desaparece en Bogotá, y su taxi por ningún lado! Se sospecha que su carro fue desvalijado. ¿Será otra víctima de la escopolamina en Bogotá?

Eran mediados de los noventa. En la noche de su desaparición, el taxista del que se hablaba en los periódicos había terminado su turno casi a la madrugada, como era su costumbre. Cansado después de un día largo de trabajo, se dirigió a un bar de mala muerte cerca al centro de la ciudad para tomarse un par de cervezas y ver si levantaba algo.

Era un hombre viejo, de energía pesada, con una gordura provocada por las largas horas laborales y el alcohol. Se había mudado a Bogotá hace muchos años huyendo de la violencia de su pueblo, pero nunca logró formar una familia por su mal genio. De vez en cuando se iba a los bares de mala muerte alrededor de la ciudad a probar su suerte con las mujeres. Cuando no levantaba nada, terminaba en la carrera décima comprando amor por unos minutos.

Esa noche, una mujer rubia con rasgos fuertes que nunca había sido vista en el establecimiento, se le acercó al verlo solo y tomado. Conversaron por un rato y se tomaron un par de aguardientes juntos. Después de un par de tragos, el taxista pago la cuenta, llevándose a la rubia misteriosa con él. Salieron del bar llevados a un destino incierto, entre risas y deseos carnales. Se montaron en su taxi, y jamás se les volvió a ver.

Desde finales de los ochenta y por casi siete años, varios taxistas desafortunados desaparecieron de forma parecida luego de conocer a una rubia de brazos y piernas largas, que la noche y el alcohol transformaban en una diosa de lo prohibido. Nadie conocía a esta mujer, ni su paradero. Ella escogía a sus víctimas, observándolos desde las esquinas de cada bar que visitaba, siempre fijándose en sus vulnerabilidades. Protegida por las sombras, ella olía la soledad a metros, como si fuese una tigresa que veía las heridas del alma.

Luego de seducirlos a punta de coqueteos, sacaba a los taxistas de los tomaderos, y se subía con ellos en sus carros. Con caricias en la pierna derecha, los convencía a que fueran a un lugar privado que ella conocía. Llevados por las ganas, ellos accedían, para luego terminar parqueados al frente de su casa. Ella los invitaba a su guarida, y ya adentro, les soplaba escopolamina en el rostro para dormirlos y poder ejecutar su plan. Luego de verlos confundidos, esperaba a que perdieran el conocimiento, para después arrastrarlos hasta el patio, donde les quitaba la ropa, y los cortaba en pedazos. Al terminar, ponía las partes en bolsas negras, y las metía en su refrigerador. Al momento que salía el sol, contactaba a unos pandilleros que se encargaban de llevarse los taxis para desvalijarlos.

Así era como Isis conseguía las ofrendas que necesitaba para sus trabajos de magia negra. Era la manera como fue entrenada, y no cargaba ningún tipo de remordimiento. Pero todo cambió cuando la desaparición de su última víctima llegó a los titulares de los periódicos de la ciudad. Aquel taxista panzón y amargado, tenía a alguien que lo estaba buscando. Por primera vez sintió miedo, pues no quería ser atrapada y terminar en la cárcel. Fue así como desde entonces empezó a reclutar jóvenes de bajos recursos para que le consiguieran las partes que ella necesitaba, tal y como ella había sido reclutada en su juventud.

Los Ángeles

Al llegar a Santa Clarita me sentí de nuevo en casa, por fin estaba entrando a Los Ángeles. Estuve toda la noche manejando desde San Francisco, tratando de llegar lo más pronto posible a la ciudad. Al entrar al valle de San Fernando, salí de la autopista, y me estacioné en una gasolinera para llamar a mi hermana y ver si podía pasar por su apartamento.

Mi hermana y yo éramos cercanos, pues éramos casi de la misma edad. Ella era tres años menor que yo, y mucha gente pensaba que éramos gemelos. Aparte de eso compartíamos la experiencia de ser inmigrantes en Estados Unidos. Al comenzar la pandemia, me vine a vivir con ella después de andar de viajero errante por Latinoamérica. Nunca pensé que mi estadía en su apartamento se extendería por casi dos años, pero mentiría si no dijera que su compañía me ayudó a controlar mi adicción por la sangre, qué en parte era producto de mi soledad.

Al abrir la puerta de su apartamento, mi hermana me recibió con un abrazo, sacudiéndome los huesos.

- ¿Por qué no se había comunicado? Nos tenía a todos preocupados, dijo ella sintiendo un alivio en su alma. Mire como está, lo veo más flaco José Joaquín.

- Yo sé Clau, es que volví a recaer en Bogotá, y quería estar solo, contesté. Pero he estado juicioso, sólo necesitaba espacio para estar conmigo mismo.

Claudia Catalina sabía que yo tenía una adicción, pero no sabía a qué sustancia me aferraba. Ella era comprensiva conmigo, pues sabía que nuestra familia estaba plagada con problemas de salud mental, que indirectamente nos afectaban a nosotros. De hecho, la razón por la cual yo había regresado a Colombia, luego de que empezaran a reabrirse las fronteras nuevamente, era para ir a ver a mi madre, que durante la pandemia sufrió un desequilibrio mental. La pobre se encontraba internada en un hospital psiquiátrico pues sus pesadillas no la dejaban en paz. Juraba que nuestro padre, el cual había desaparecido antes de que mi hermana naciera, la atormentaba todas las noches, bañado en sangre que emanaba de su cuello.

De alguna manera me sentía culpable por la situación de mi madre, pues sentía que las almas de mis víctimas me estaban castigando a través de ella. Luego de visitarla, me fui al hotel en el que me estaba hospedando, pensando en las visiones que la agobiaban. No podía sacarme de la cabeza la imagen del cuello sangrante de mi padre al cual no recordaba claramente. Una ansiedad por consumir me invadió esa noche, hasta que terminé contactando a Luciano para que nos viéramos al día siguiente.

- ¿Cómo está mi mamá?, me preguntó Claudia Catalina después de que me acomodara en el sofá.

- No muy bien, Clau. Creo que se le cruzaron los cables.

Bogotá, años ochenta

Después de una noche de alcohol, Isidro y su madrina tomaron un taxi para dirigirse a casa de ella. El cuerpo delgado de Isidro, al igual que su melena oscura y larga, lo hacían ver más afeminado de lo que era bajo la luz de la luna. El taxista que los recogió, un hombre morboso y de malas intenciones, no dejaba de verlo por el espejo. Al notar la fijación del hombre, la madrina decidió enseñarle a su estudiante un nuevo método de trabajo.

- Vecino, nos puede dejar al frente de esta casa, dijo la madrina.

El taxi paró al frente de una casa de un sólo piso, en un barrio donde todo el mundo vivía asustado por la inseguridad. Antes de que el taxista le dijera el costo de la carrera, la madrina se adelantó con una propuesta que él no podría rechazar, dada su obsesión por el joven afeminado.

- ¿No le gustaría pasar a tomarse unos tragos?

- ¿Pero por acá no me desvalijaran el carro?

- Usted no se preocupe, que nadie se mete con la dueña de esta casa.

El taxista cegado por sus pensamientos depravados aceptó la invitación. Parqueó su carro frente a la casa y entró confiado. Ya adentro, la madrina puso un casete de vallenatos en la grabadora, y sacó una botella de aguardiente que tenía guardada. Le ordenó a Isidro que se pusiera un vestido rojo que estaba en su armario, y que se pintara los labios.

Ya listo, Isidro improvisó una pista de baile en la sala y el taxista, después de un par de tragos, se unió a él, agarrándolo de la cintura y apretándolo contra su cuerpo, sintiéndose un poco arrecho por el traje que traía puesto. El tipo era repugnante, pero Isidro sabía que su madrina traía un plan bajo la manga y sólo actuaba esperando a que ella le diera una instrucción final.

La madrina le pasó un último trago al taxista y a los pocos minutos empezó a sentirse mareado; todo se le volvió borroso, y su corazón empezó a latir de tal forma que sentía que se le iba a salir del pecho. De repente la temperatura de su cuerpo se elevó más allá de una fiebre. Un temor que nunca había sentido se apoderó de él, y en menos de nada, sintió como el alma se le salía del cuerpo, colapsando eventualmente en el suelo.

- Bueno hombre, ahora tocó descuartizarlo, dijo la madrina con frescura. Isidro, traiga los cuchillos más afilados de la cocina y venga para acá, que hoy usted va a aprender algo nuevo.

Impactado, y todavía en el medio de la sala, Isidro no sabía cómo responder.

- Muévase mijo.

Isidro se dirigió a la cocina como si fuese un robot, siguiendo órdenes sin procesar lo que estaba aconteciendo. Agarró los cuchillos más grandes y con más filo. Regresó a la sala y se paró al lado de la madrina, que le estaba quitando la ropa al taxista.

- Entre más frescas las ofrendas, más efectivo el trabajo, y más la platica, dijo la madrina mientras los ojos se le abrían de la avaricia. Las almas me han estado pidiendo un corazón, así que se les dará un corazón. Hágale mijo, ellas quieren que usted lo haga. Usted le va a abrir el pecho a este cerdo.

Isidro estaba atónito.

- ¡Hágale! No tenga miedo.

Isidro sabía que si lo hacía no habría marcha atrás.

- ¡Hágale! Le voy a enseñar como hacer más platica.

Isidro se puso de rodillas, colocó los cuchillos en el suelo.

- Usted quiere ser bruja, ¿no? ¡Hágale Isis!

Desde pequeño, siempre quiso ser como su madre, una bruja. Por eso se había hecho amigo de las brujas en varios sectores de la ciudad, por eso llamaba a esta mujer madrina. Isidro agarró uno de los cuchillos en el suelo, el más grande, y lo incrustó en medio del pecho del taxista. Lo hundió lo más profundo que pudo y empezó a romper.

- No le haga mucha fuerza, quiero ese corazón en buenas condiciones.

Por un par de horas, y bajo las instrucciones de la madrina, Isidro cortó rústicamente todas las partes del taxista, para luego proceder a meterlas en bolsas negras de basura que colocaría en el refrigerador. Por su parte, la madrina se encargó de eliminar meticulosamente cualquier evidencia. Con llave en mano, y antes de que amaneciera, la madrina se llevó el taxi a un taller de un conocido que se encargaría de desvalijarlo. Todo era un negocio para ella. Después de esa noche, Isidro que tan solo tenía dieciocho años, se convirtió en mutilador.

Los Ángeles

No podía dormir. Me encontraba de vuelta en la sala de mi hermana, con mi maleta en una esquina, y aunque no extrañaba las noches de hotel, ni las noches en mi carro, no me sentía cómodo. Continuaba dando vueltas en el sofá, pensando en la conversación que Luciano y yo habíamos tenido antes de mi viaje psicodélico.

- ¿Cómo fue que Isis terminó bajo custodia de la fiscalía?, me pregunté.

Agarré mi celular, y luego de buscar información de la noticia por el Internet, descubrí que todo había sido parte de una investigación periodística por parte de un novato llamado Leandro, que vio en la historia de Isis, y en su conexión con la desaparición de mi última víctima, la oportunidad de saltar a la fama local.

Según sus crónicas, Isis pertenecía a una red de brujas de magia negra que traficaban con partes humanas desde la década de los ochenta. En su cuarto encontraron la mano de un amante con la argolla de matrimonio aún puesta, y en su patio hallaron un sin número de repuestos de taxis reportados como robados. Entre los repuestos se encontró un espejo que la conectaba a la desaparición del taxista que Luciano y yo habíamos desangrado juntos, pero del cual no se sabía su paradero.

Varias brujas de la ciudad se vieron implicadas luego de que una libreta con sus nombres llevara a los detectives a sus casas, y se les encontraran partes humanas listas para ser utilizadas en brujerías macabras. Aunque mi nombre no se mencionaba en las noticias, yo sabía que mi apodo aparecía en varias páginas de esa libreta: El Vampiro.

Puse el celular a un lado. Así era como Isis se refería a mí. Isis obtenía las partes que las fuerzas del más allá le pedían, y a cambio, yo obtenía ese líquido rojo de sabor metálico que me traía adicto. En ese momento Nicolás se me vino a la cabeza. No volví a escuchar de él desde la última vez que me escribió para decirme que no quería verme más, poniendo un fin a nuestra relación.

Agarré mi celular nuevamente para buscar su nombre y saciar mi curiosidad por saber de él. Dos noticias aparecieron de inmediato. La primera relataba como una pintura robada de su apartamento había sido recuperada luego de una investigación interestatal, y como el responsable del robo había sido aprendido en Nueva York y deportado a Colombia. La segunda noticia, y la más reciente, relataba el hallazgo de su cuerpo durante el inicio de la pandemia. Al parecer, un personaje que había conocido a través de una aplicación de citas, lo había convencido por medio de una video llamada para que se apretara el cuello con una camisa. Nicolás, en un rol sumiso, accedió, perdiendo el conocimiento a los pocos minutos y sin poder despertar jamás. Su cuerpo fue hallado a los pocos días, después de que sus estudiantes se quejaran con la universidad donde enseñaba, porque no se había conectado a Zoom para dar su clase de psicología.

Bogotá, el inicio

Isidro venía de una línea de mujeres que practicaba la brujería desde hace varias generaciones. En su infancia fue expuesto a los trabajos que su madre preparaba para las mujeres del barrio, pues a ella siempre la buscaban para hacer amarres convocando las fuerzas del más allá. Ella lo podía todo, pero el precio era caro, pues su karma era cargar con el maltrato continuo de su marido y la pobreza en la que vivía con sus hijos.

En su adolescencia, Isidro comenzó a relacionarse con brujas de otros sectores de la ciudad, unas menos oscuras que otras, y otras más macabras que la mayoría. Algunas usaban partes de animales para sus trabajos, mientras que otras utilizaban partes humanas, cobrando así cantidades exorbitantes de dinero por sus trabajos. Sus clientes, que vivían en estratos altos, pagaban lo que fuera para poder solucionar sus inconveniencias a través de la magia negra.

Para conseguir las partes necesarias, las brujas reclutaban a jóvenes pobres para ejecutar la búsqueda macabra. Por su edad y necesidad económica, ellas veían en Isidro al candidato perfecto para conseguir sus encargos. Así fue que para corromperlo despacio, ellas empezaron por encargarle huesos de los cementerios, sabiendo que lo oculto lo atraía.

La primera noche en la que Isidro entró al cementerio Central, el pavor se apoderó de él. Tenía miedo de que las almas no lo dejaran cumplir su primer trabajo, pero un rezo que su madre le había hecho desde pequeño lo protegía de ellas sin que él lo supiera. Se dirigió a un mausoleo que había ojeado en la mañana y que tenía un par de bóvedas destapadas. No encontraría partes frescas allí, pero eso era lo de menos, pues lo que necesitaba era agallas para completar su encargo.

Removió la lápida que vio más floja y sacó un martillo que llevaba en su maleta para romper el ladrillo y el cemento. Dio el primer martillazo sin hacer mucho ruido, pues no quería llamar la atención del celador de turno. Al hacer un hueco lo suficientemente grande en la bóveda, sacó la urna con huesos que se encontraba reposando allí desde hace décadas. Removió el cráneo cuidadosamente, lo metió en su maleta con sus herramientas, metió la urna en su lugar, se echó la bendición y pidió perdón, para luego desaparecerse entre los mausoleos y la niebla de la noche.

Los Ángeles

Pasé una noche de perros. Nunca me imaginé que Nicolás terminaría muriendo de tal manera, aunque no me sorprendía. Él siempre tuvo una fijación con su cuello, y por eso se dejaba morder hasta que lo hacía sangrar. Sentí un vacío repentino, y al mismo tiempo la necesidad de una limpia para deshacerme de toda esta energía que me rodeaba.

Luego de que mi hermana se fuera a trabajar, llamé a mi tía Estrella para ver si la podía visitar. A diferencia de Isis, Estrella, que también era bruja, no practicaba la magia negra, sólo echaba el tabaco, las cartas, y de vez en cuando recurría a una pócima para mantenerse joven. Ella accedió a mi visita, y al rato me fui rumbo al parque de casas móviles donde vivía.

- Papito, príncipe hermoso, que bueno que vino a visitarme, le tengo un chisme, me dijo Estrella al recibirme en su casa, viéndose más joven que de costumbre.

No pude evitar mencionar que se veía bella.

-Tan lindo papi. Pase muñeco hermoso. ¿Le provoca un vasito de agua?, me ofreció Estrella.

Pasé, y le acepté el vaso con agua dirigiéndome hacía la sala para sentarme.

- Papi, fíjese que vino un investigador privado a hacerme preguntas sobre usted el otro día.

La revelación me agarraba por sorpresa. ¿Investigador privado?, pensé yo.

- Quería saber a qué había venido usted a Estados Unidos, y qué esto, y qué aquello. A mí en verdad no me dio buena espina, y me tocó hacer lo que me tocó hacer... y pues al pobre terminó dándole un ataque cardíaco en la sala. Se veía joven, pero cuando se lo llevaron los paramédicos dijeron que tenía el cuerpo de un hombre de ochenta años. ¿Se imagina?

Claro que me imaginaba, de razón se veía tan radiante.

- ¿Y usted le contó algo?, le pregunté.

- No papi, usted sabe que yo no hecho a mi familia al agua.

A diferencia de mi hermana, Estrella sabía de mis negocios con Isis en Bogotá, aunque no sospechaba de mi vampirismo.

- Papito hermoso, ¿por qué se fue a meter a esas vainas que hace Isis?, usted sabe que ella es dañada. Mírela como terminó, ahora si la agarraron por todo lo que ha hecho Tiene que cuidarse, reiteró Estrella. Hay algo que tal vez nadie le ha dicho todavía, pero viendo en el problema que Isis está metida y en el que usted está enredado, debo contarle.

Estrella se sentó al lado mío, mientras yo me mostraba un poco intrigado.

- Después de que su papá se desapareció, Isis y su mamá tuvieron una discusión muy grande. Isis siempre le decía a su mamá que era culpa de ella que Waldo ya no estuviera con ustedes. Un día en una borrachera, su mamá se agarró con ella y le echó en cara que ella no era una mujer de verdad, así como nosotras. De la piedra, Isis lo condenó a usted papi, a usted que era tan pequeño. Ella le juró a su mamá que usted sería igual que ella. Al principio pensamos que usted iba a querer ser mujer en su adolescencia, ¡Pero no! mire lo que terminó haciendo. Usted sí terminó siendo igual que ella...

¡Terminó siendo un asesino!

En ese instante no supe que decir, no había emoción alguna en mí. Sólo pensé en como mis deseos sanguinarios habían sido diseñados por una maldición de la cual ni siquiera tenía idea.

Cuellos Sangrantes

A Leandro no le gustaba ser portador de malas noticias, pero ese día sentía la obligación de compartir la información que tenía. Subió las escaleras del edificio hasta el cuarto piso, para luego dirigirse al final del pasillo, y tocar la puerta dos veces. Un hombre de apariencia joven pero cansada abrió la puerta, mostrándose molesto por la interrupción, pues no esperaba visitas.

- Buenas tardes, mi nombre es Leandro, estoy buscando a Luciano.

- Soy Luciano, ¿Cómo le puedo ayudar?

- Mucho gusto. Soy periodista y tengo unos datos confidenciales para compartir con usted. ¿Puedo pasar?

El semblante de Luciano cambió de inmediato e invitó a Leandro a pasar a su apartamento. Las cortinas del lugar se encontraban cerradas, ofreciendo poca iluminación, había platos sucios en la cocina y ropa tirada por todos lados. Con afán, Luciano recogió el desorden que tenía sobre el sofá, y le pidió a Leandro que tomara asiento. Le ofreció algo de tomar, pero Leandro no aceptó, pues quería ir directamente al grano.

- No sé si usted ha estado pendiente de las noticias locales, pero hace unos meses desmantelaron una red de brujas que traficaba con partes humanas.

- Sí claro, el caso todavía suena en las noticias, contestó

Luciano tratando de no verse nervioso, pues él estaba metido en ese cuento.

- Pues en la casa de una de las responsables, hallaron unos restos... para ser exactos, una mano. Nadie sabe esto, pero medicina legal hizo los exámenes de ADN correspondientes, y pues un informante me dio la identidad de la víctima, continuó Leandro.

Luciano se tensionó al pensar que la mano podría ser la de Santiago, el taxista que él y José Joaquín habían devorado meses atrás, después de todo su cuerpo había terminado en casa de una bruja de magia negra.

- No sé cómo decirle esto Luciano, pero la mano... la mano es de su papá, reveló Leandro.

Luciano entró en shock, mientras un sinfín de pensamientos y emociones lo invadían.

- ¿Cómo? ¿Está hablando en serio? No puedo creerle.

- Al parecer su padre tenía una relación sentimental con una de las personas implicadas, y resultó siendo una víctima más.

El padre de Luciano había desaparecido luego de recibir un mensaje de texto en medio de la noche que lo hizo salir de su casa. Su esposa, una mujer dura, siempre lo acusó de haberse ido con la moza, pero la realidad era que al hombre se lo había tragado la oscuridad.

- Intenté comunicarme con su madre, pero fue imposible.

Usted fue la única persona con la que pude dar, continuó Leandro luego de un instante de silencio.

- Mi madre murió a principios de la pandemia.

Un dolor se reflejó en los ojos de Luciano, pero no lloró pues ya no existían las lágrimas en él. Leandro por su parte estaba cautivado por la tristeza de Luciano.

- Se presume que hay alguien más envuelto en este caso, pero no se ha podido dar con su paradero. Se cree que el sospechoso está fuera del país, en Estados Unidos para ser exactos, dijo Leandro.

Luciano sabia a quien se refería el periodista. Lo que nunca imaginó hasta ese momento, era que José Joaquín, el sospechoso del que hablaba Leandro, estaba involucrado con la desaparición de su padre. No quería quitarse la máscara de tristeza que traía puesta en ese momento, pues sabía que tenía cautivado a Leandro, pero una sed de venganza lo consumió repentinamente.

- Mire Luciano, yo sé que lo que le acabo de decir no es fácil. Pero si usted tiene alguna información que me pueda ayudar a esclarecer todo esto, no dude en confiar en mí.

- Ahorita me siento un poco aturdido, creo que necesito estar solo, pero me gustaría hablar más con usted. Tal vez podríamos conversar una de estas noches.

Leandro se sintió intrigado por la invitación, pues un pequeño brillo en los ojos de Luciano irradiaba un deseo indescifrable. Sin pensarlo dos veces, sacó una tarjeta de su billetera y se la dio a Luciano para que tuviera su información.

- Prométame que me llamará, no importa a la hora que sea, dijo Leandro para cerrar el trato invisible entre los dos.

Leandro se fue del apartamento, refundiéndose en la tarde nublada que agobiaba a Bogotá ese día. A los pocos minutos, Luciano agarró su celular para llamar a José Joaquín. No le contaría acerca del hallazgo de la mano de su padre, sino más bien intentaría convencerlo de que regresara a Colombia para enfrentarlo cara a cara. La última vez que se habían comunicado había sido semanas atrás, cuando José Joaquín se encontraba en San Francisco. Desde entonces había regresado a Los Ángeles para mantener un perfil bajo, y se dedicaba a escribir poemas con la esperanza de publicar un libro en el futuro, bajo un seudónimo que no lo delatara.

Minutos más tarde

Sentí la vibración del celular en mi bolsillo, estaba recibiendo una llamada. Vi el nombre de Luciano en la pantalla y de inmediato supe que era algo urgente, pues habían pasado un par de semanas desde la última vez que nos comunicamos. Mi corazón empezó a latir fuertemente y contesté la llamada de inmediato.

- ¿Aló?

- Hola José, ¿Como estas?

- ¿Bien, y ese milagro? Tanto tiempo.

- Te tengo noticias, dijo Luciano. Fíjate que vino un periodista a mi apartamento, y al parecer están tras tu pista.

Tomé un respiro profundo y cerré los ojos tratando de ignorar la ansiedad que me invadía. Desde mi regreso de Colombia había mantenido mis ganas por consumir sangre bajo control para no meterme en más problemas, pero el pasado volvía a tocarme el hombro, y aquí me encontraba nuevamente recibiendo noticias que no quería escuchar.

- ¿Sabe que estamos relacionados? ¿Le diste alguna información?

- No. De casualidad buscaba a mi madre, al parecer ella era cliente de una de las brujas que están bajo custodia.

- ¿Qué te dijo el tipo?

- No mucho, solo que había un sospechoso prófugo en Estados Unidos. Creo que deberías venir a Colombia para solucionar este asunto. Yo tengo su información.

Luciano sonaba un poco extraño, como si algo lo estuviese agobiando.

- He estado tranquilo últimamente, no quiero arriesgarme a meterme en la boca del lobo, pero...

- ... Pero tienes que hacer algo al respecto. Si caes tú, caigo yo también. Recuerda que todo esto está pasando porque nos comimos a ese taxista entre los dos.

Días después

Isis aun no podía creer como había sido tan ingenua. A pesar de su edad y de sus mañas, su necesidad de sentirse deseada por un caballero la había cegado. Desde su celda maldecía la noche en la que Leandro llegó a su casa en busca de una limpia para la suerte. Nunca podría perdonarlo, pues luego de ganarse su confianza y sacarle la información que buscaba, la traicionó para convertirla en la noticia nacional del momento.

Cuando Leandro se dio cuenta de que Isis tenía repuestos de taxis robados en su patio, empezó a escarbar más a fondo para descubrir su conexión con la desaparición de Santiago. Regresó un par de veces más para ser bañado en humos de tabaco, y después de un par de sesiones, volvió con la excusa de verla a ella. Isis se sentía como una quinceañera pues desde hace rato nadie la buscaba con intereses distintos a los de la magia negra.

Para acceder a los secretos de Isis, Leandro utilizó su carisma intencionalmente para que ella cayera en su telaraña. Primero le empezó a traer flores, y al transcurrir de los días la empezó a invitar a la panadería de la esquina para que tomaran café con leche juntos. Poco a poco, Isis empezó a compartir detalles de su vida personal con él, pues Leandro la escuchaba sin interrupciones, dándole la atención que a ella tanto le gustaba. Fue así, que, entre sonrisas y coqueteos, Leandro descubrió que Isis distribuía partes de taxis robados a distintos talleres de la ciudad, pero nunca repartía partes en pares, para no levantar sospechas. Según ella, las partes se las compraba a ladrones de barrio que vendían sus botines por unos pesos.

Después de varios encuentros en su casa, Isis por fin invitó a Leandro a su espacio más preciado. Al entrar al cuarto de Isis, Leandro notó veladoras en cada esquina, acompañadas de fotografías de sus muertos. Se fijó en las estatuas religiosas que se concentraban en pequeños altares para la protección, al igual que los amuletos colgados en la pared que atrapaban los malos sueños. En el suelo, al lado de la mesa de noche, un contenedor de vidrio cubierto por una tela negra llamó su atención.

Sin pensarlo más, Isis le preguntó a Leandro si podían arruncharse en la cama, bajando su guardia. Él aceptó sin poner ningún problema mientras ella se acostaba para luego pedirle que la acompañara. Leandro se posicionó a su lado, lo cual Isis aprovechó para abrazarlo de una manera vulnerable, permaneciendo así por un par de minutos.

- ¿Qué tiene en ese contenedor de vidrio que está en el suelo?, preguntó Leandro con curiosidad.

- Un amuleto para el amor, respondió Isis para luego cerrar sus ojos y respirar el calor de Leandro.

Tras unos minutos Isis quedó dormida profundamente, Leandro se despegó de su cuerpo y se bajó de la cama despacio para no despertarla. Se puso de rodillas, y lentamente removió la tela negra que cubría el contenedor de vidrio que estaba al lado de la mesa de noche. Una mano de hombre, con la argolla de matrimonio aun puesta, permanecía flotando en una pócima de formol que evitaba su descomposición. En ese momento, Leandro entendió que Isis andaba enredada en asuntos más turbios de los que él pensaba. Cubrió el contenedor nuevamente, para que ella no notara el pequeño disturbio en su cuarto, y se acostó a su lado como si no hubiese pasado nada. Al rato, Isis se despertó, disculpándose aún semi dormida, pues necesitaba usar el baño.

- Isis, se me hizo tarde y me tengo que ir, dijo Leandro con urgencia.

- Bueno papi, déjeme le quito el candado a la puerta.

Leandro salió por la puerta para no volver jamás. A los pocos días, un par de patrullas se estacionaron fuera de la casa de Isis, con una orden de allanamiento en mano. En ese momento ella entendió que alguien le había puesto el dedo, y sin dudarlo por un instante, supo que era Leandro. Al ser esposada, se negó a revelar quiénes eran sus cómplices, pues no quería que nadie la maldijera. Cuando le preguntaron por la desaparición de Santiago, Isis permaneció callada. Su sobrino y su amante de turno le habían desangrado el cuello a punta de mordiscos y las partes de su cuerpo habían sido repartidas a través de la ciudad. Ya no había nada de él, solo su recuerdo.

Después de unos días, y sintiéndose hundida en arenas movedizas, Isis conjuró a las fuerzas del más allá que nunca la abandonaban, ofreciendo lo que ellas quisieran a cambio de castigar a Leandro. Ella quería que él resultara manchado de sangre para que probara lo que había destapado. Para acceder a su petición, las fuerzas invocadas le pedían lo único que ella podía ofrecer en el momento, dado que estaba confinada en solitario.

- Esto es por ponerme el dedo, ¡sapo hijueputa!, exclamó Isis para luego morderse la piel del dedo meñique hasta revelar el hueso, y así arrancárselo de la rabia para ofrecérselo a las almas.

Esa noche

Luciano llevaba días tratando de convencer a José Joaquín de que regresara a Bogotá, le metía cizaña tras cada llamada, pero él no daba el brazo a torcer. Esa noche, decidido a provocarlo aún más, Luciano contactó a Leandro para invitarlo a su apartamento, sabiendo que, al enterarse de su visita, José Joaquín se vería acorralado y actuaría pronto.

- Me gustaría verlo esta noche, dijo Luciano.

- Deme una hora. Ya salgo para allá, contestó Leandro.

En menos de una hora, Leandro estaba frente a la puerta del apartamento de Luciano, golpeando dos veces para anunciar su llegada. Luciano abrió la puerta con un semblante distinto al que cargaba días atrás, dándole la bienvenida a su invitado con una sonrisa y un deseo que se le escapaba por los ojos. Al entrar, Leandro notó las cortinas abiertas y un orden impecable, tomó asiento en el mismo lugar donde se había acomodado en la última visita, para luego refundirse por unos segundos en las luces de los cerros que se veían desde la ventana.

- Gracias por venir, exclamó Luciano desde la cocina.

- No, gracias por invitarme. Quería saber cómo seguía.

Luciano llevó dos pocillos de aguapanela a la sala, le pasó uno a Leandro y se sentó a su lado. Tomaron sorbos sincronizados, hasta que sus ojos se encontraron. Las ganas de saber las verdaderas intenciones de Luciano invadían a Leandro, que a través de su mirada indicaba su disposición para lo que fuera. Luciano sabia como descifrar ese tipo de miradas, pues José Joaquín le había enseñado como identificarlas. Fue entonces que aprovechó el momento para hacer una propuesta que saciaría sus deseos y la curiosidad de Leandro.

- ¿Te dejas morder el labio?

- Esta bien, pero pasito, accedió Leandro.

Un mordisco delicado rasgo la primera capa de piel que protegía el labio de Leandro, provocando un leve sangrado.

- ¡Qué rico sabes!, dijo Luciano sintiéndose expuesto, pero sin pensar en las consecuencias pues su necesidad de sangre era más grande.

Cerró los ojos y se refundió en los labios de Leandro, saciándose con cada gota de sangre que emanaba de su labio. Por su parte, Leandro no creía lo que estaba sucediendo, pero se dejaba llevar por el momento pues lo mórbido siempre le había llamado la atención.

- ¿Te puedo morder el cuello?, preguntó Luciano.

- Esta bien, pero suave...

Luciano respiro el cuello de Leandro perdiéndose en su aroma, mientras se preparaba para incrustar los dientes.

- Suave... susurró Leandro.

- ¡Estas muy sabroso, marica!

Luciano insertó sus dientes en el cuello de Leandro con sutilidad, tal y como se los había insertado José Joaquín en Puerto Vallarta. A su vez, Leandro se mantenía con los ojos cerrados mientras se le erizaba la piel, pues llevaba fantaseando con que le mordieran el cuello desde que se enteró que un vampiro andaba suelto por ahí.

- Yo sabía que eras vampiro, dijo Leandro revelando su sospecha, mientras le sangraba el cuello levemente, quedando así infectado en ese momento.

Una semana después

Según Luciano, Leandro ya sabía nuestro secreto. Al parecer, Leandro lo visitó sorpresivamente hace una semana, para acorralarlo con preguntas que lo hicieron revelar su adicción a la sangre. Aprovechando que el taxi de Santiago fue visto por última vez cerca de su apartamento, y con la certeza de que nos conocíamos, Leandro le dio un ultimátum a Luciano para que me llevara ante su presencia, sin la intervención de la policía, pues quería tener la noticia inédita de mi identidad en sus manos.

Yo en verdad no me quería ir de Los Ángeles a exponerme de tal manera, pero tenía que tomar una decisión para ponerle fin a esta situación. Después de almorzar, me di la tarea de buscar vuelos para Bogotá, con la idea de viajar en los próximos días. Al encontrar el vuelo más barato, y siguiendo mi intuición, apreté el botón de compra esperando que la tarjeta de crédito me aguantara. Luego de unos segundos mi viaje estaba confirmado, y estaría en Bogotá en un par de días.

Horas más tarde le comuniqué a mi hermana que me iría para Colombia por unos días, con la excusa de visitar a nuestra madre que todavía seguía reviviendo sus pesadillas de vez en cuando. Le pedí que no le contara a nadie de mi viaje, pues quería llegar de sorpresa. Ella estuvo de acuerdo, siempre y cuando le dejara pagado el arriendo del mes. Esa misma noche contacté a mi tía Estrella para saber si tenía alguna noticia de Isis. Me contó que Isis había entrado en una crisis al estar encerrada en solitario, y que se había arrancado uno de los meñiques de la ansiedad.

Al día siguiente llamé a Luciano para darle la noticia de mi viaje. Al enterarse de que regresaría a Bogotá, su voz se pintó de una emoción que desde hace rato no le escuchaba. Yo de igual manera estaba emocionado, pues, aunque estaba un poco nervioso, por fin le daría la cara a ese sapo que me andaba buscando. No sabía exactamente que le haría, pero tenía el presentimiento de que le daría un par de mordiscos antes de desaparecerlo para que dejara de andar metiéndose en asuntos que no le importaban. Antes de colgar, y después de compartir la información del hotel donde me quedaría, Luciano me pidió que pasara por su apartamento después de que me instalara para darme la bienvenida y recibirme con una cena especial.

Después de un par de días

Todo le estaba saliendo a Luciano como lo había planeado. Desde el momento que convirtió a Leandro al vampirismo, lo tenía controlado a través de su cuello, logrando así que dejara su investigación a un lado. De igual manera, había convencido a José Joaquín de que regresara a Bogotá a través de engaños, para tenerlo cara a cara. Luego de que Leandro le revelara la identidad de la bruja que guardaba la mano de su padre como amuleto, Luciano no tenía duda alguna de que José Joaquín estaba relacionado con su muerte.

Durante varias noches, Luciano maldijo haber cruzado caminos con José Joaquín en Puerto Vallarta. No entendía como el destino permitió que se conocieran, y mucho menos como terminó convertido en vampiro por él. Recordaba como desde el momento que se conocieron en la playa de los muertos, sintió una atracción instantánea por él, pues había algo que le recordaba a su padre. Sin saberlo entonces, era su ADN, que José Joaquín había consumido a través de su sangre meses atrás y que aun recorría su sistema circulatorio.

Llevado por la rabia y una sed de venganza casi igual de fuerte a su adicción, Luciano pasó días enteros maquinando un plan para castigar a su amante. Poco a poco todo estaba surgiendo como lo había imaginado, y esa noche por fin ejecutaría su plan.

He estado pensando en ti. ¿No te gustaría pasar esta noche? Tengo un amigo que me gustaría presentarte.

Al recibir el mensaje de texto de Luciano, Leandro no dudo en aceptar la invitación. Él sabía que las visitas nocturnas llevaban a mordiscos mutuos, y la idea de conocer a un tercero lo emocionaba, pues por fin podría saciar su voracidad como sus ganas se lo demandaban.

Estaré allí un poco antes de las seis.

Mientras tanto, José Joaquín esperaba su turno para subirse a un taxi que lo llevaría a su hotel cerca al centro de Bogotá. Nunca se imaginó que regresaría tan pronto a Colombia, pero la cizaña de Luciano y las ganas de librarse de Leandro de una vez por todas, lo obligaban a pisar su tierra natal nuevamente. Ya en el taxi prefirió guardar silencio para no entablar conversación con el conductor, pues no quería terminar invitándolo a subir a su cuarto para morderle el cuello.

Ya llegué al hotel. ¿A qué hora quieres que pase por tu apartamento?

Al recibir el mensaje de José Joaquín, Luciano supo que su venganza tomaría forma finalmente. Miró la pantalla de su celular y sonrió, pues sólo él sabía lo que pasaría esa noche.

Ven un poco después de las seis. Te estoy preparando algo que te va a gustar.

Faltando un cuarto para las seis, llegó Leandro al apartamento de Luciano, tocando la puerta dos veces para anunciarse como era su costumbre. Un olor a comida casera que emanaba desde adentro invadía el pasillo. Luciano abrió la puerta con emoción, dándole la bienvenida a su invitado con un abrazo.

- Que rico huele, dijo Leandro.

- Pasa, ya casi llega mi amigo para comer, contestó Luciano.

Leandro pasó y se acomodó en la sala, mientras la anticipación por probar sangre lo consumía. Luciano por su parte preparaba la mesa del comedor con la vajilla que su madre le había dejado de herencia. El tiempo parecía moverse lento hasta que el silencio en el apartamento se vio interrumpido por un par de golpes en la puerta. Luciano se dirigió a la entrada para darle la bienvenida a su invitado especial con un beso en la mejilla.

- José pasa adelante. Quiero presentarte a un amigo.

José Joaquín no esperaba encontrase con nadie más esa noche, pues pensaba que su reunión con Luciano sería privada. Pasó a la sala, y allí sentado en un sofá se encontraba un sujeto nervioso, con ojos de adicto, listo para consumir.

- José, te presento a Leandro.

El semblante de José Joaquín cambió de inmediato, su mirada se tornó oscura, mientras sus dientes se afilaban dentro de su boca. Extendió su mano y se presentó.

- Mucho gusto Leandro. Soy José Joaquín, el sobrino de Isis Kalavera. Por ahí escuché que me anda buscando, dijo José Joaquín revelando sus colmillos.

Leandro se encontró sin palabras, ya que no había anticipado tener ante su presencia al responsable de la desaparición de Santiago, y de otros más que habían corrido con poca suerte. Pero su investigación era lo de menos en ese momento, pues ahora era un vampiro más, adicto a los cuellos sangrantes de hombre. Sostuvo su mirada con la de José Joaquín, revelando un hambre incontrolable a través de sus ojos, mientras afilaba los dientes para atacar al ser provocado.

Mientras tanto, Luciano se orillaba contra una esquina preparándose para ver el espectáculo sangriento que estaba por comenzar. Si todo salía como lo había calculado, esa noche se libraría no solo del asesino de su padre, sino también de aquel periodista que podría incriminarlo con el caso de Santiago. Al ver a sus invitados listos para consumirse el uno al otro, les dio una estocada final para incitarlos:

- Bueno chicos, a comer, ¡que la cena está servida!

Banda Sonora

Suspiro

Tu cuello es la manzana del pecado,
Y si te muerdo
Me expulsan del paraíso...

Quisiera algún día poder besarte,
Así ese beso
No dure más que un corto suspiro...

Manos

Mi piel es una carretera
Una vía abierta para tus manos
Y las de él
Y las de otros tres

Mi cuerpo territorio colombiano
Con aroma a café afrodisíaco
Esconde entre sus montañas
Un jaguar solitario que ruje en silencio

Baña tus manos en el río de mis labios
Enjuaga tus manos en el Caribe de mis poros empapados
En el Pacífico de mis besos que saben a cacao

Explora mis tierras llenas de pecado
Dame esa lujuria que regalas con tus manos
Corre las llanuras de mis piernas con tu toque depravado
Y hazme explotar tal y como si fuese un volcán

Me dirijo a una selva de concreto
En busca de un par de manos nuevas
Para satisfacer deseos bajos

Manos gruesas
Manos viejas
Manos suaves
Manos tiernas

¿Quién quiere ser mi próxima presa?

Pismo Beach

Llega la niebla
Y con ella se esconde el sol
Los niños hacen ruido afuera
Pero de mi cuarto no se escapa el calor

Mis pies caminan sobre la arena
Mientras el mar juega a tocarme
"Que frío," dice mi piel
Pero que alegría este sentimiento que me hace pensarte

Si solo supieras que es que yo te ame....

Llego al hotel
Y mis dedos aún están mojados
La gente camina por la calle
Pero yo ahora quiero estar encerrado

Quisiera sentir tus piernas
Mientras se esconde el sol a la llegada de la niebla
Ya puedo abrir mi ventana
Los niños han parado de gritar afuera

Miro Atrás

Diez
Veinte
Treinta años
Nacimiento

Ya nada es igual
Todo ha cambiado

Inmigrante
Indocumentado
Residente
Naturalizado

Temperaturas de cien grados
Y mi cuerpo con el metabolismo retrasado
He ganado un par de libras de más
Y poco a poco me he quedado calvo

¿Será que algún día el amor tocará mi puerta?
¿O será otro paquete de Amazon para el señor de al lado?

No sé

Me encuentro de viaje
Con horarios y lugares ya fijados
Recorro caminos con zapatos desgastados
Y poco a poco me he ido rencontrando

¿Será que me fijo en nuevas metas?
¿De qué escribiré después de que termine mi libro
de cuellos y sangrados?

No sé

Ya nada es igual
Todo ha cambiado
No hay marcha atrás

Diez
Veinte
Treinta años
Ya casi llegan los cuarenta

Sitio Fijo

Década de lugares
De personas
De caminos que elegimos

Playas y montañas
Desiertos y ríos
Apegándome de la soledad
Y de amantes clandestinos

Todos los días en pueblos distintos
Lejos de todo lo que había conocido
Recordando historias del ayer
Añorando tener un sitio fijo

Desconocidos

Probar tu cuello
Con mis labios
A punta de Mordiscos
Desapercibidos

Clavar mis ojos
En los tuyos
Tan cercanos somos
Desconocidos

Agradecimientos

Escribir un libro es algo que he querido hacer desde hace muchos años, y tener la oportunidad de lograrlo este año ha sido una experiencia muy especial para mí. Completar este proyecto no hubiese posible sin el apoyo continuo de varias personas a las cuales me gustaría agradecer.

Me gustaría empezar por agradecerle a mi familia por su continuo apoyo. A mi madre, Martha Rodríguez, que estuvo de visita en Los Ángeles por un par de meses durante mi proceso, y a mis hermanas, Jeimi Velasquez y Evelyn Salgado, que de igual manera estuvieron presentes. Gracias por escucharme leer mis historias en el apartamento y ofrecerme sus comentarios y reacciones.

Quiero también agradecerle a mi amiga Carla Vargas por ser la primera en leer mis historias y ofrecerme su opinión. Sus reacciones, sus comentarios, y sus palabras de apoyo cada vez que le enviaba una nueva historia me inspiraban aún más para continuar con esta colección.

This is a book written on the road, while I was touring throughout the Southwest, so I would like to give a special shout out to my tour mates, Kevin Barron and King Tawiah Jr., for giving me the space and time I needed to work on this project. Thank you, guys! You are also part of this journey.

A todos aquellos que me dieron la oportunidad de compartir la idea de este proyecto a través de conversaciones, textos y fotos. ¡Gracias! Cada pregunta por saber más de lo que estaba creando, y las buenas vibras, siempre fueron bien recibidas.

De igual manera quiero agradecer a mis compañeras de clase, Virginia Bulacio, Leisly Roman, Jessica Díaz, Karina Da Silva, Isla Martínez, Estefani Campos, Laura Serratos, Estefanía García Bautista, y Franceli Chapman, por su *feedback* semana tras semana. Conectarme los miércoles para escuchar sus poesías y compartir con ustedes mis historias ha sido todo un honor.

Y por supuesto, un agradecimiento muy especial a Davina Ferreira, y al equipo de Alegria Publishing, por crear un espacio mágico en el cual escritores como yo podemos expresarnos creativamente, ya sea a través de la poesía o, en mi caso, a través de historias ficticias. ¡Gracias por todo el esfuerzo que ponen a la misión de Alegría Publishing!

Finalmente, quiero agradecer a todas las personas que le han dado vida a mis historias a través de su lectura. Estoy satisfecho con mi producto final y espero que lo hayan disfrutado.

¡De todo corazón a todos ustedes, gracias por su apoyo!
Jona Velasquez

Acerca del Autor

Foto por Pablo Vargas

Jona Velasquez nació en Bogotá a mediados de la década de los ochenta. Desde pequeño, siempre tuvo una fascinación por la mitología griega, los mitos y leyendas del folclor colombiano, las películas de horror y las series animadas del Japón. A los diez años recibió su primera máquina de escribir, y a las pocas semanas produjo su primer manuscrito, una historia de superhéroes infantiles que aún guarda en su baúl de los recuerdos.

A los quince años se mudó al Sur de California para aprender inglés. Al completar sus estudios de lenguaje, decidió radicarse permanentemente en Los Ángeles para ir a la universidad. Durante este tiempo fue parte de Constelación Teatral, un grupo de teatro para inmigrantes Latinos en North Hollywood, y también fue reportero y fotógrafo de The Collegian, el periódico estudiantil de LACC.

En el 2010, luego de obtener un grado asociado en Periodismo de LACC y graduarse con una licenciatura en Estudios de la Comunicación de CSUN, Jona se embarcó en una aventura de diez años, viajando como promotor de salud alrededor de los Estados Unidos, ofreciendo servicios gratuitos de salud a comunidades de bajos recursos. Por medio de esta experiencia, Jona ha visitado 48 estados, y planea en un futuro visitar los otros dos que le faltan, Alaska y Dakota del Sur.

Al comenzar la pandemia, Jona se estableció nuevamente en Los Ángeles para estar cerca de su familia. Durante este tiempo estudio Trabajo Social, siendo practicante en un albergue para habitantes de calle en el condado de Ventura. Luego de esta experiencia, decidió tomar tiempo para explorar su lado creativo, escribiendo así su primer libro *Cuellos Sangrantes: Una Antología de Historias Cortas* a través de Alegría Publishing.

En su tiempo libre, a Jona le gusta visitar Colombia y otros países, ir a la playa, salir a caminar, montar bicicleta, explorar restaurantes internacionales, y tomar fotos y videos para publicarlos en su Instagram. En la actualidad se encuentra tomando clases de ciencias, y está considerando continuar sus estudios en el campo de la salud. No sabe lo que el destino le tiene preparado, pero está listo para la siguiente aventura y para escribir un par de historias más.

Sigue a Jona en Instagram @JonaZeuqsalev

... Amplía el contenido en: